rororo panther
herausgegeben von Jutta Lieck und Eberhard Naumann

Umschlagentwurf Dieter Wiesmüller
Veröffentlicht im Rowohlt Taschenbuch Verlag GmbH,
Reinbek bei Hamburg, Februar 1985

Satz Garamond (Linotron 202)
Gesamtherstellung Clausen & Bosse, Leck
Printed in Germany
780-ISBN 3 499 15495 1

Rainer Wochele

Heißhunger

Roman

rororo

Rowohlt

Rainer Wochele, geb. 1943 in Brünn. Studium der Theaterwissenschaft, Psychologie und Philosophie in Köln. Nach Zeitungsvolontariat in Köln von 1969 bis 1981 Lokalredakteur bei der «Stuttgarter Zeitung». Berichterstattung vornehmlich über soziale Brennpunkte und Jugendfragen.
Lebt als freier Schriftsteller in Stuttgart. Mitglied im VS Baden-Württemberg; Stipendiat der Kunststiftung Baden-Württemberg (1983); Thaddäus-Troll-Preis des Förderkreises deutscher Schriftsteller in Baden-Württemberg (1984).
Veröffentlichungen:
«Absprung» (rororo panther 4819; 1981); «Schrittwechsel» (1983); Kurzgeschichten in Zeitschriften und Anthologien.

I

So wäre es möglich: An jenem 3. Juli des vergangenen Jahres war die dicke Barbara Sedlatschek wieder unterwegs nach Hause. Genau siebzehn Tage zuvor war sie aus Erlhofen fortgegangen, ohne auch nur die geringste Nachricht zu hinterlassen.

So könnte man anfangen. Könnte man die Geschichte – Barbaras Geschichte – auf den Weg schicken.

Jetzt wollte sie wieder heim. Und in ein neues Leben hinein und hinaus. Eines, das schwebender, durchsichtiger, lichter sein sollte. So hatte sie sich das gedacht, weil nun in ihr etwas aufgeklungen war, wofür sie noch keine scharfkantigen Worte hatte.

Man müßte auch sagen, dieser 3. Juli war ein sonnendurchglühter Tag. Schon die ganze Zeit über war es sehr heiß gewesen.

Siebzehn Tage lang hatten die Eltern nicht gewußt, wo sich Barbara aufhielt. Vielleicht hatten sie es geahnt. Aber was bedeuten in solch einem Falle schon Ahnungen. Genaue Angaben über den Aufenthaltsort ihrer Tochter jedenfalls hätten sie nicht zu machen vermocht.

Ausreißen nannten sie diesen Zustand der Familienzerrissenheit, der sich schon einmal ereignet hatte; und so hatten sie mehr oder weniger zugewartet, sich auch auf die beiden Postkarten aus Kissingen als Zeichen verlassen.

Den Feldweg entlang.

Der Feldweg, auf dem Barbara Sedlatschek entlangging, verlief schwungvoll eingeschnitten in den Hang des Tales, verlief zwischen dem raschelnden Grün von Mais und halbhohem Korn, und als sich Barbara einmal umblickte, sah sie die Biester wieder hinter sich herkommen.

Das fehlte gerade noch. Du liebe Zeit, ja.

Aber es gab keinen Zweifel, sie schienen sie aus irgendeinem Grund zu verfolgen.

Jetzt vielleicht auch noch mit einer Beule am Arm oder im Gesicht heimkommen, dachte Barbara. Daß man weiß Gott wie aussah. Daß man vollends aussah wie ein aufgegangener Hefeteig.

Ihr graute ohnehin vor dem Augenblick, da sie an der Haustür würde klingeln müssen und dann die sich nähernden Schritte der Eltern hören würde.

Sie verfolgten Barbara.

Sie sah die fünf, sechs Punkte in Schlangenlinien auf sich zuschwirren. Plötzlich verließen sie ihre zuckende Flugbahn, steuerten mit jener böswilligen Sturheit, die diesen Biestern eigen ist, direkt auf ihre bloßen Arme zu. Widerlich aussehende, eingekerbte, dicke, gelbschwarze Körper jetzt, mit gekrümmten Fühlern am Kopf.

Mit so einer Beule unterm Aug oder so einer an die Lippen hingestochenen Geschwulst dann, verlegen und von Schuldgefühlen verkrümmt, in der Tür stehen und sagen müssen: «Da bin ich wieder ...»

Struppige Grasbüschel wuchsen auf dem Feldweg, und die Luft roch nach Staub. Schneidende Helligkeit, die in den Augen schmerzte, und leise hörte man dann einen Kirchturm schlagen, schwach, als hätten die Töne Mühe, die schwere, heiße Luft zu durchdringen.

Und Barbara zählte mit: zwei Uhr.

Davon reden, wie eines der Biester dann auf Barbaras Gesicht losging, sie schon auf ihrer Wange diesen winzigen, hinterhältigen Luftzug zu spüren meinte, der von den Flügeln ausging und dem bestimmt der Stich folgen würde.

Eine andere verhedderte sich beinahe in ihrem rotbraunen, schulterlangen Haar, auf das sie ansonsten immer ein wenig stolz war, das aber jetzt stumpf und verklebt wirkte.

Es war ein kleiner, giftiger Schwarm nun schon, und in der Stille über dem Feldweg zogen die Biester das Netz ihrer summenden Sturheit dichter und dichter.

Dann ist ihr eingefallen, sie war an einem Bretterschuppen am Rand eines Kartoffelackers vorbeigekommen. Irgendwo im Gebälk mußte sich ein Wespennest befunden haben.

Sagte man nicht, der Geruch mancher Menschen mache sie verrückt? Schweißgeruch zumal?

Und Barbara Sedlatschek gehörte zu jenen Mädchen, denen es leicht Feuchtigkeit in die Hände hinein und auf Arme, Hals und Gesicht hinaus trieb. Deren Haut sich immer viel zu rasch mit feuchtem Glanz überzog.

Und so hatte sie sich angewöhnt, stets und überall eine dieser lindgrünen Dosen bei sich zu tragen, und auch jetzt steckte eine in ihrer Korbtasche.

Barbara lief.

Sie lief jetzt los, so daß alles an ihr in Bewegung kam. Wie es immer war, wenn sie laufen sollte, mußte und doch nur diese entenhafte, krötenhafte Ungeschicklichkeit zustande brachte. Nur patschend in die Laufschritte, wenn es denn welche waren, hineinsackte.

Nur einige Tage vor jenem 3. Juli, vor ihrer Heimkehr, war ihr ungewohnte Schnelligkeit geglückt.

Plötzlich waren die US-Polizisten mit ihren spiegelblanken braunen Schnürstiefeln in dieser fremden Wohnung aufgetaucht. Einer Wohnung, in der sich Barbara schon seit Tagen herumdrückte. Von der Couch aus hatte sie unter dem Tisch hindurch drei Paar scheinbar glasharter Lederstiefel sich drohend im Flur hin und her bewegen sehen. Sie hatte die erschrockene Stimme von Sally vernommen. Sally hatte den Männern etwas geantwortet. Mit der Militärpolizei war nicht zu spaßen. Das hatte man ihr, Barbara, schon sehr bald klargemacht.

Mit einemmal war ihr der Mund trocken geworden: Geduckt aufgestanden, die Verandatür aufgerissen und in den Garten hinuntergesprungen.

Sie!

Sie, die sie immer wegen ihrer Verfassung vom Turnunterricht befreit war.

Und sie war gelaufen, hinter Sträuchern verborgen, und dann über einen Zaun geklettert.

Der stumpfe Schmerz, als sich ihr beim Hochstemmen am Zaun die Kuppen der grauen, zersplitterten Latten in die fleischigen Handflächen gruben. Das war vor Tagen gewesen.

Jetzt, hier oben auf dem Feldweg, war alles anders. Nachdem Barbara gut fünfzig Meter gelaufen war, blieb sie stehen und kramte die grüne Dose aus ihrer Umhängetasche.

Sie riß die Kappe weg, sprühte sich unter den dunklen Schweißflecken ihrer Bluse die Achseln aus. Richtete sich auf.

Wartete.

Die Stille summte bös. Heiße Luftvorhänge wischten ihr übers Gesicht. Der Schrei eines Habichts stieg auf.

Und da kamen sie. Eingekerbte, gelbschwarze, schwebende Körper, mit gekrümmten Fühlern am Kopf.

Barbara sprühte mitten in die Angriffslust der Wespen hinein, und dann drehte sie sich mit der zischenden Deospraydose in der Hand mehrmals im Kreis, hüllte sich in eine bauchige Glocke wohlriechenden Nebels.

Die Wespen sanken weg wie betäubt. Sie sah, wie sie sich dicht über dem Boden fingen, dann im Tiefflug torkelnd über das Korn und den Mais und den Weg davonbrummten, ehe sie schließlich vom gleißenden Licht verschluckt wurden: Schwerfällig aussehend wie Hubschrauber, die man manchmal knapp über den Wäldern zur Grenze hinüberschweben sah, ehe sie hinter einem Bergrücken verschwanden.

Das Ganze hatte nur wenige Minuten gedauert, und doch muß ihr alles wie eine düstere Vorahnung erschienen sein.

II

Dann muß beschrieben werden, daß seitlich in ihrer Tasche sein Foto in einem zerknitterten Briefkuvert steckte. Daneben ein kleines Bündel Wäsche, das Barbara in ein grünes Armeehandtuch eingeschlagen hatte. Darunter ihr Portemonnaie, in dem zwölf Mark und zwei amerikanische Geldstücke waren. Das Silberfolienpaket, Kamm, Spiegel, Lippenstift, drei Päckchen Kaugummi; all das beulte unter zusammengelegter, brauner, sackartiger Strickjacke die Tasche, machte ihr einen Bauch, daß man beim Tragen den Arm drumrum schlingen mußte.

Aus diesem Bündel hat Barbara siebzehn Tage lang gelebt. Mehr hat sie nicht gebraucht.

Als sie jetzt die Sprühdose in die Tasche zurückschob, spürte sie es.

Es steckte seitlich neben den Henkeln.

Es war das Brot. In Silberfolie eingewickelt.

Eigentlich hatte sie das Brot ja wegwerfen wollen. In einen Graben oder in ein Gebüsch.

Sie fühlte sich satt.

Sie mochte nicht schon wieder essen. Wegwerfen und fertig.

Der Fahrer des Lieferwagens, mit dem sie das letzte Stück hergetrampt war, ehe sie dann hatte zu Fuß gehen müssen, der Fahrer war ein geschwätziges, stoppelbärtiges Männchen gewesen. Unter dem Wortschwall, der aus ihm herausgesprudelt war, hatte sich Barbara auf dem Beifahrersitz sofort schützend zusammengeduckt und kugelig gemacht.

Sie könne ruhig nehmen. Da, bitte schön, er sei für den Rest des Tages mehr als satt. Eine Kundin habe ihm eine so mordsmäßige Brotzeit vorgesetzt, daß er jetzt seine eigenen Sachen nicht auch noch essen könne.

«Sah dir ähnlich, die Frau. Ähnliche Figur wie du.»

Er grinste mit klebriger Vertraulichkeit, rülpste, drängte ihr seine zwei Vesperbrote förmlich auf.

«Da, nimm nur. Oder muß ich Sie sagen zu so einem netten, vollschlanken Ding wie du? Hmm?!»

Was hätte sie schon antworten sollen? Ähnliches Geschwätz kannte sie ja.

Das erste Doppelbrot des Mannes hatte sie im Auto hastig und wortlos verschlungen. Als wäre *das* wenigstens eine Antwort auf sein nicht enden wollendes auf- und abzwitscherndes Gerede.

Und nun, in der Kerbe des Feldwegs, vielleicht eine

knappe dreiviertel Stunde später, schälte sie das zweite aus knisterndem Silberpapier.

Sie fühlte sich satt.

Einmal, zweimal und abermals biß sie zu. Als suchten ihre Zähne an irgend etwas Halt. Und sofort auch schmeckte sie mit Wohlbehagen den würzigen Käse zwischen den weichen Brotscheiben. Angenehm zu spüren, wie hart und knusprig die Rinde war. Und kauen. Und schlukken. Schnell schlucken. Damit das alles verging. Ins Brot beißen und alles in sich hineinschlingen.

Jemand, der Barbara in diesem Moment betrachtet hätte, hätte gesehen, wie ausdrucksvoll ihr Mund eigentlich war. Vielleicht wirkten ihre Wangen eine Spur zu voll. Mochte schon sein. Aber ihre dunklen Brauen wölbten sich in einem kräftigen, schönen Schwung über ihre braunen Augen und schienen ihr Gesicht sanft zusammenzuklammern. Ihr rotbraunes Haar trug sie links gescheitelt, und mit ihrem Gesicht, o ja, da wäre Barbara schon zufrieden gewesen. Hatte nicht einmal jemand von einem Tulpengesicht gesprochen? Wie immer das gemeint sein mochte?

Sie würgte den letzten Bissen hinunter. Dann zog sie das Foto aus dem Kuvert, hakte den Arm um die Tasche, ging weiter.

Sie kannte solche Wege.

Schließlich war sie hier in der Gegend aufgewachsen. Blind hätte sie sich einen solchen Feldweg entlangbewegen können.

Und im Gehen und Weitergehen, da hob sie immer wieder sein Bild vor die Augen. Saugte ein, was zu sehen war.

In der Helligkeit und der Weite der Landschaft erschien

ihr einmal das Foto mitleiderregend unscheinbar. Dann wieder hatte sie das Gefühl, dieser bunte Papierfetzen in ihrer Hand da habe ihrem Leben eine Bedeutung gegeben wie nichts zuvor.

Das Foto zeigte einen gutaussehenden, dunkelhaarigen jungen Mann von einundzwanzig Jahren. Er präsentierte sich, übers ganze Gesicht strahlend, zwischen einem Mann in einem rotgewürfelten Hemd und einer irgendwie herausfordernd dreinblickenden attraktiven Frau. Dahinter ein Haus. Dahinter Felder. Alles in Farbe. Ein Foto. Mehr nicht.

Der Weg geriet jetzt zwischen Kartoffel- und Rübenäcker hinein, drückte sich schmal an Hecken entlang.

Der junge Mann auf Barbaras Foto hieß Jack Edwards. Er war amerikanischer Soldat und in Fleckwild stationiert.

Barbara kannte ihn damals aufregende, turbulente acht Wochen lang.

Der Mann und die Frau neben ihm waren seine Eltern.

Fleckwild lag, geschätzt, fünfundzwanzig Kilometer von Erlhofen entfernt, der Autobahn Fulda zu. Sie in Erlhofen zu Hause. Er in Fleckwild stationiert.

Und es stimmte ja. Das mit dem Ausreißen. Das und das und das andere auch.

So war die Lage, als sie an die Stelle kam, wo sich der Weg am Hasenwäldchen teilte. Und der Duft der trockenen Tannennadeln blies in ihren Kopf sofort die Erinnerung an Ingwerplätzchen hinein. Spinnwebfeine Töne. Halb drei. Das mußte bereits der Erlhofener Kirchturm sein.

Wenn sie Glück hatte, wenn sie vielleicht ein bißchen Glück hatte, ging es ihr durch den Sinn, würde sie alles vielleicht doch in ein paar Stunden hinter sich haben.

Würde dann unten in ihrem Zimmer ausatmen. Die Arme hängen lassen. In die Kopfhörer hineinlauschen, die sie aufhaben würde. Und sie würde sich sagen, aus, Schlußstrich jetzt. Jetzt geht's los. Jetzt fängt was Neues an. Jetzt brauchst nimmer abzuhauen. Jetzt kannst bleiben. Daheim bleiben.

Aber bevor sie schellen wollte an der Haustür und warten und, den Blick vor Furcht auf den Fußabstreifer hinuntergerichtet, die Lippen zwischen die Zähne geklemmt (so eine war sie ja nicht, eine, die kaltschnäuzig und frech wieder anrückt, als wär so gut wie nichts gewesen), bevor's so weit war, da mußte sie noch ein bißchen Angsterleichterung haben.

Und ja, der Umweg, der Umweg vorm Heimweg, der mußte wohl sein. Also rechts am Hasenwäldchen lang, anstatt gleich runter und auf Erlhofen zu.

III

Davon wäre nun zu reden, wie sie sich zehn Minuten später an ein Fenstersims klammerte. Durch eine trübe Scheibe in einen halbdunklen Raum spähte.

Hinter staubigem Glas konnte man nur schemenhaft die Bewegung einer Gestalt erkennen, und Barbara befand sich jetzt hinter dem Eisenbrandschen Aussiedlerhof. Als wär's eine nie wiedergutzumachende Schande, wenn gewisse Leute sie hier entdeckten, so hatte sie sich an das Gebäude mehr oder weniger herangeschlichen.

Sie stemmte die Hände in den rauhen Putz des Fenstersims, und ein säuerlicher Geruch trieb vom Futtersilo herüber, der sie an essigsaure Speisereste erinnerte; heimlich löffelte sie so was nach den Mahlzeiten in der Küche oft weg.

Man hörte einen Habicht schmal und scharf in den Himmel hinaufschreien. Die Lerchen machten diesen federleichten Lärm. Ein Windstoß schaffte Traktorbrummen heran. Die Bulldogs mußten irgendwo in der Ferne über die Felder kriechen. Das Motorengeräusch hätte jetzt auch ein drohendes Grollen sein können, das tief aus der Erde kommen mochte und irgendwie doch gegen sie, Barbara Sedlatschek, gerichtet war.

Sie sah Lore drinnen im Stall.

Lore, die das eine weglegte, das andere in die Hand nahm, mit den Gegenständen zwischen den braunen Körpern der Tiere verschwand.

War Lore schon siebzig, überlegte sie da, oder war sie erst fünfzig? Man hätte es nicht sagen können.

War sie Magd? Oder war sie jemand, wie man sich im Dorf erzählte, den der alte Eisenbrand vor langer Zeit auf den Hof genommen hatte aus Gründen, die im dunkeln liegen mochten?

Man wußte es nicht, und Lore redete nie davon.

Einige meinten gar, der Jungbauer zahle ihr nicht einmal Lohn. Von anderen hatte Barbara gehört, Lore habe unter ihrer Matratze riesige Ersparnisse versteckt, wobei unklar blieb, was unter «riesig» verstanden wurde.

Aber hatte das Bedeutung, fragte sie sich jetzt.

Für sie? Für sie, hier draußen am Fenster und in der Hitze an der weißgekalkten Stallmauer. Für ihre sonderbare Freundschaft zu dieser Frau? Konnte man das überhaupt Freundschaft nennen?

Was war denn Freundschaft?

Sie hatte Lore immer nur als abgearbeiteten Stallmenschen unbestimmten Alters erlebt. Als jemanden mit Geheimnissen in der Stimme und im Kopf und im Herzen und jemanden, dessen Beine immer in viel zu weiten grünen Gummistiefeln steckten. Die Stiefel machten beim Gehen lustige, schlappende Geräusche.

Ihre Gedanken rennen die Jahre zurück. Wie war das gewesen, damals, überlegte sie.

Als sie noch ein Kind gewesen war, hatte der Großvater sie oft zum Honigausfahren mitgenommen.

So war sie zum erstenmal auf den Eisenbrandschen Hof gekommen.

Einmal hatte Lore sie in ihre Kammer gelockt. Ihr ein Buch gezeigt. Barbara konnte sich noch genau an die Bilder mit den fremdländischen Tieren darin erinnern. Sie konnte sich jetzt entsinnen, wie sehr ihr diese hingemalten, gewaltigen, bauchigen Lebewesen mit ihren baumstammartigen Beinen und handtuchgroßen Flatterohren gefallen hatten. Und wie sie sich gleichzeitig immer auch ein bißchen vor ihnen gefürchtet hatte.

IV

«Die Barbara. Die Barbara Sedlatschek, soso ...» Sie macht das «a» in Barbaras Namen breit und weit, dehnt es viel zu sehr und zu lang, was, wie Barbara weiß, auf böhmisch, wie's ihr Vater spricht, verkehrt ist. So wird der Name bauchlastig und erdenschwer.

Aber das hat nicht viel zu sagen, denn Barbara merkt sofort, sie hat sich nicht getäuscht. Es ist immer noch da. Immer noch zwischen ihnen.

Jene unsichtbare Verbindung besteht noch zwischen ihr und dieser Frau da, die jetzt krumm und gebückt in der hinteren Stalltür steht. Sie mit schief gehaltenem Kopf und zusammengekniffenen Augen anblickt.

Da! Sie solle in die Stiefel steigen. Wer wisse, wo sie sich herumgetrieben habe. «Und dann kriegt's Vieh wieder was.»

Erleichtert taucht sie in die schwarzen Gummiröhren, die Lore patschend vor ihr hat fallen lassen, und da ist ihr für eine Sekunde, ihre Beine seien tatsächlich so was wie aufgeschwollene, fleischige Stümpfe. Wie man's ihr manchmal nachschreit. Wie sie's manchmal träumt.

Die meisten Ställe durfte man nicht mit Straßenschuhen betreten. Die Bauern fürchteten, man schleppe Bazillen ein.

«Kommst wieder heim, Barbara Sedlatschek?»

Wieder macht sich das «a» erdenschwer.

Woher sie denn wisse, daß sie weg gewesen sei.

Sie hab's gespürt. «Außerdem ratscht das Dorf.» Und die Kinder der Bäuerin brächten viel von der Schul mit heim. Der Martin sei ja eine Klasse unter ihr.

Barbara atmet den Stalldunst ein. Sie ist ja sonst peinlich auf Sauberkeit aus, sorgt fanatisch dafür, daß nicht der schwächste unangenehme Geruch von ihr ausgeht, hantiert ständig mit grünen Dosen an sich herum; ihr kommt aber mit einemmal der Dunst der Tiere beinahe berauschend vor.

Sich hier verstecken, schießt es ihr da durch den Kopf. Auf ewig und alle Tage. Nur mit so stummen Tieren leben. Und mit so einem Menschen wie der Lore.

«Hast Angst?»

Muß sie antworten? Oder muß sie nur in dem von Falten

zerschundenen Gesicht lesen, um zu begreifen, daß die Frau dort alles versteht.

«Freilich hast Angst, Barbara Sedlatschek. Angst vorm Heimgehen.»

Irgend etwas drängte sie, sich diesem Menschen in dem schmutzigen, zerschlissenen Stallkittel an den Hals zu werfen. Zu reden. Sich hineinzureden in das, was sich in den vergangenen Tagen ereignet hat.

Von ihm möchte sie jetzt reden. Sie möchte der Lore die immer ein wenig heruntergewirtschafteten Wohnungen in der amerikanischen Siedlung schildern. Wohnungen von seinen verheirateten Freunden. Sie, Barbara, hat sich in diesen ihr fremden Räumen oft tagelang herumgedrückt, hatte sich praktisch in den gesamten siebzehn Tagen, in denen sie weg war, weg gewesen war, in irgendwelchen Wohnungen anderer Leute verkrochen gehabt. Sie war dort von Sally, von Joan, von Hazel, na ja, teils geduldet, teils ein Gesprächspartner in der Öde der Vormittage.

Es drängte sie auch, Lore auszumalen, wie er abends aus der Kaserne herüberkam. Dann oft zuerst abwesend und wie betäubt wirkend. Nach einer Weile aber aufgedreht, voller Übermut. Lachend. Wild gestikulierend.

Einer, der alles und nichts ernst nahm. Einer, der sie später dann auch lachend um Geld bat. Der sagte, wenn sie heimkomme, solle sie mal sehen, ob sie für ihn nicht den und den Betrag auftreiben könne. Er sei finanziell zur Zeit wirklich irgendwie in der Klemme, und im übrigen, er habe da einen gebrauchten Wagen in Aussicht.

«Dann könnt ich dich besuchen, Chick. Könnt rauskommen zu euch, ja?!»

Chick, Hühnchen. Oft nannte er sie so.

Und er hatte das immer so hingesagt, wie Skatspieler, die ihr Blatt mit einer Geste auf den Tisch schmeißen, daß man nicht sagen könnte, Bluff oder Sieg.

Aber zum Schluß war die Geldsache dann doch so was wie eine niet- und nagelfeste Abmachung gewesen zwischen ihnen beiden.

Und Barbara hätte Lore dann gern auch erzählt, daß Jack aus einem Ort namens Hancock im amerikanischen Bundesstaat Wisconsin stammte. «Das ist im Norden von Amerika, Lore, weißt.»

Sie hätte Lore auch das Foto erklären wollen, in das sie sich draußen über dem Feldweg hineinverloren hatte: er zwischen seinem Vater und seiner Mutter im Hof der elterlichen Autoreparaturwerkstätte. Seine Mutter herausfordernd in die Kamera schauend. Der Vater eher verlegen. Und hinter dem bungalowartigen Holzhaus, an dem der Blick vorbeiging, ahnte man Maisfelder, von denen er oft berichtet hatte.

Und dann, wie sie plötzlich diese Müdigkeit gespürt hatte. So eine ziehende Seelenmüdigkeit, und auf einmal gewußt hatte, so, jetzt gehst du wieder heim. Wie sie gefühlt hatte, daß es nicht mehr notwendig war, weg zu sein, von Erlhofen. Weil sie das und das und jenes, was sie erfahren wollte, erlebt hatte.

All das hätte sie Lore gern erzählt, aber etwas preßte ihr die Lippen aufeinander. Saugt ihr die Worte weg und aus dem Kopf. Zieht sie hinunter, vielleicht in ihren Bauch, vielleicht zu irgendeinem Punkt tief in ihr, so daß sie stumm bleibt, während sie sich verlegen im Stall umblickt.

«Liebst ihn? Liebst den Soldaten?»

Sie weiß alles, denkt Barbara.

Und sie sagt nicht «Amerikaner». Wie die anderen. Die im Dorf. Wie der Vater. Wie Großvater Opa Ulrich.

«Hast mit ihm Liebe gemacht?»

Lore wirft ihr mit schräg gehaltenem Kopf einen sonderbaren Blick zu.

Nein, nicht Neugier. Es muß etwas sein, für das Barbara im Moment keine Bezeichnung weiß.

Und dann hat Lore längst wieder die endlose Kette der Arbeitshandgriffe aufgenommen, die mit den Tieren und dem Füttern und dem Aus- und Wegmisten zusammenhängen.

«Er mag dich?!»

Sie hört die Tiere schnaufen. Es klingt schön.

«Er hat nix dagegen, daß du eine solchene bist?»

Barbara sieht, wie sie die Backen ihres alten, faltigen Gesichts zu drallen Kugeln bläst, Hautkugeln, Fleischkugeln, sie sieht, wie sie dasteht, mitten in dieser Stallgasse, und mit den Armen einen weiten Kreis um ihren dünnen, ausgemergelten Frauenkörper zeichnet.

Daß sie so eine Füllige sei. Eine Dicke. Eine, die was auf den Knochen habe, da habe er nichts dagegen, der Herr Soldat, hahaha!

Verlegenheit drückt ihr das Wasser in die Augen hinauf. Lore sieht's, und sie sieht's nicht, und sie macht sich ein Spottstückchen draus.

Wie ein kostbares Tanzkleidchen hält sie den zerschlissenen Stallkittel von sich weg. Und dann vollführt sie zwei, drei, vier Tanzschritte die Stallgasse runter.

Barbara starrt ihr hinterdrein, während sich Lore zu unhörbarer Musik wiegt und wendet, in ihren klobigen Gummischäften beinahe stolpert.

Auf einmal prustet und gluckst es aus Lore heraus, will sie sich ausschütten vor Lachen, hat immer noch den Kittel weggespannt. Tollpatschig tanzt sie jetzt am Hornvieh entlang, das die Köpfe wirft, vor so viel ausgelassenem Lärm; gluckst und kichert, torkelt lachend zwischen zwei Tiere hinein, wirft die Arme schließlich erschöpft über einen braunweißen Fellrücken.

«Theresia», redet sie keuchend und lachglucksend in die Kuhohren hinein, «Theresia, wir sind auch dick, ha? Und wie? Nudeldick und voll, hahaha ...»

Barbara zerbeißt ihre Lippen. Wischt sich die Verlegenheitstränen aus dem Gesicht. Macht ein paar Schritte auf Lore zu. Fuchtelt so eine fahrige Handbewegung in die Luft hinein. Wie wenn sie der Alten damit den Spott aus dem feixenden Gesicht holen könnte.

«Gut so, Theresia. Laß sie nicht rein, die kleine, dicke, verliebte Sedlatschek mit ihrem narrischen Kopf und ihrem nudeldicken Ärschchen.»

Aufgescheucht ist das Tier beiseite getreten.

«Du ... du alte, blöde Hex, du. Stallhex, hör auf!»

«Wenn d' ihn wirklich liebst, mußt das aushalten, Barbara. Dann mußt auch die Angst aushalten, vorm Heimkommen.» Und außerdem sei das alles das Risiko der Liebe. Jawohl. Jemandem zu erlauben, das Innerste in einem zu berühren, das sei eine gefährliche Sach. Und eine schöne Sach. «Weil du nicht weißt, was der andere mit dir macht. Und was du mit ihm machst.» So sei das. Und da entstehe dann etwas ganz Neues, was es zuvor nie gegeben habe.

Lore hat sich ganz nah zu ihrem Gesicht gebeugt. Barbara sieht keinerlei Spott mehr in diesen graublauen, wissenden Augen.

«Komm, flenn nicht.»

Lores Stimme klingt jetzt beinahe zart. Sanft streicht sie dem Tier übers Fell.

«Geh, Theresia, Platz, laß mich raus.»

Dann beobachtet sie, wie Lore sich einen Schlauch greift, den Wasserstrahl über den Steinboden prasseln läßt.

Sie weiß nicht, warum sie sich jetzt so leicht fühlt, so eine innere Helligkeit spürt.

Dabei versteht sie genaugenommen überhaupt nichts mehr. Von sich nicht. Und von der Lore nicht.

Immer, wenn man meint, denkt sie noch, man würde jemanden wirklich gut kennen, passiert, ruck, zuck, dieses und jenes, und da hat der doch wieder ein anderes Gesicht. Vor dem Gesicht, das man gekannt hat.

Denkt sie noch. Aber da hat sie Lore schon gefragt, wie alt sie sei.

Barbaras Stimme kommt klein wie ein Küken daher.

«Siebzehn also», sagt Lore dann. Und sie sagt, da wisse ein Weibermensch schon was.

Daß Männer Busen wollten und Hüften und all das andere, redet die Alte jetzt weiter. Man brauche ihnen nicht glauben, wenn sie anders daherredeten. Nur von diesen grausligen, grashalmdürren Modeaffen schwärmten und sagten, das seien die schönsten Weibsleut der Welt.

«Glaub's net, Barbara. Glaub's keinem. Wenn's dann soweit ist, wollen's alle, hmm, was? So was wie die Seel der Natur wollen sie halt spüren. Ihre eigene und die von dem Weibermensch, das sie lieben.»

Wie denn die Natur sei, fragt sie. Wie sei sie denn? Was? Bittschönbitt?! Sie solle halt mal in 'ne Wies reinschauen. Kurz vor der Mahd in 'ne Wies reinschauen. Dann begreife man's. Weil die Natur ihre ganze Liebe in so eine Wies reinlege. Deswegen. Oder sie solle mal in 'nen blühenden Obstbaum reinschauen. Alles der reinste Überfluß.

Lores Stimme hat nun ihren einschmeichelnden Ton verloren.

Liebe sei etwas ganz Kostbares. Das müsse eine wie sie eben aushalten. «Steh nicht da wie eine Henne, wenn der Habicht kreist.»

Die Gabel dort, sie könne dem Vieh Streu hintun.

«Wenn d' mal eine Alte bist wie ich, dann ist die Liebe dasjenige, an was du zurückdenkst.» Und der Schmerz sei gar nichts. Ein Stein sei der, den man ins Wasser werfe, und weg sei er. Aus!

Einmal lehnt sich Barbara an eine der braun-weißen Tierflanken.

Ob die trächtig sei?

«Die Theresia? Hmmm ...»

Und aus dem Inneren des Tieres spürt sie Wärme herauspulsieren, zu ihr herüber, in ihre Hände hinein, die das Tier zwischen den Hörnern kraulen.

Als sich nach knapp zehn Minuten die alte Frau die Stallgasse wieder heruntergearbeitet hat, eine lichtgleißende, naßsaubere Steinfläche hinter sich lassend, da hat Barbara von Lore erfahren, daß ihre, Barbaras, Eltern sie mit der Polizei hatten suchen lassen wollen.

Die Beamten hätten aber nicht eingegriffen, «weil du schon mal ausgerissen bist».

Sie hat außerdem gehört, daß der Jungbauer zur Zeit verrückt spiele. Daß sie, Barbara, sich vor ihm in acht nehmen solle. Der sei ganz narrisch mit seinem politischen Zeug.

Ein paar Deppen, die er seine Freunde nenne, würden's ihm nachplappern. «Der Grassl-Erich halt, der Jotta-Robert.»

Seit neuestem habe er auch was gegen sie, Lore. «Pah, wer macht ihm denn den Stall, daß er lauter Preise kriegt für sein Vieh?»

Sie tauge ihm nicht mehr für gescheite Arbeit. Kränkle auch zuviel in ihrem Alter. Dauernd rede er sie zum Doktor hin.

«Aber manche Schmerzen muß der Mensch aushalten, Barbara.» Und so halte sie die ihren eben aus. Und den Doktor brauche sie nicht. Und der Jungbauer werde gegen sie nicht aufkommen. «Der nicht.»

Als vom Hof her die schrille Stimme der jungen Eisenbrandbäuerin zu hören war, schob Lore Barbara zur hinteren Stalltür.

«Schau die Bäum an. Können die wegrennen, wenn sie der Wind packt», flüsterte sie. Könnten sich's die Wolken aussuchen, wohin sie der Wind blase? «Wir Menschen sind halt Wolken und gleichzeitig wie die Bäum!»

Und dann, mit sonderbar lachenden Augen, trug sie ihr noch Grüße auf, für ihren Großvater.

V

Wer hier erzählt? Wer hier spricht? Jemand, der gesehen hat, gefragt hat. Der hingehört und zugehört hat. Der daraus ein Bild zusammenzufügen sucht, ein Wortbild, das zeigen könnte, wie es war. Wie es vielleicht gewesen ist.

Es berichtet hier jemand von einer Spurensuche. Spuren von Ereignissen, Umständen, Vorfällen. Äußeren und inneren Vorfällen, die verfolgt werden. Jemand, der mit Sätzen den Begebenheiten auf die Schliche kommen möchte und vielleicht auch einem Stückchen Leben und der nun sagt: Es ist eine Geschichte, in der ein siebzehnjähriges Mädchen auf

Umwegen heimkehrt.

Von Barbara ist die Rede und wie sie zuerst ein Stück weit auf der hitzeweichen Teerstraße entlanggegangen ist, vom Eisenbrandhof fort. Und wie sie dann doch wieder auf einen Feldweg hinüberbog, um auf kurzem Weg heimzukommen.

Die Unterhaltung mit Lore hat sie erleichtert, auch ruhig gemacht, und doch griff nach und nach wieder diese Heimkommensangst nach ihr.

Da hat sie, um die Stimmen in ihrem Kopf verstummen zu lassen, den Blick hinaus ins Tal geschickt.

Das hingegossene Grün der Wiesen. Die Streifen der Felder und die dazwischen verlaufenden mähnengleichen Hekken. Die gegenüberliegende Hangseite hätte für sie ebensogut ein riesiges Fenster sein können, das aus verschiedenen Scheiben zusammengesetzt wäre: sattgrün und trüb, andere heller und durchscheinend.

Sie hat dann, während sie weitergegangen ist, zum Horizont hinübergeschaut.

Die bewaldeten Hügel, weit hinten am Ende des Tales, kamen ihr wie eine riesige niedergekauerte Herde Elefanten vor, die auf etwas zu warten schienen.

Die Lerchen allerdings hat Barbara nie gemocht.

Sie hörte sie hoch über sich in den sonnendurchfluteten Himmel hineinlärmen und meinte wieder für Augenblicke, die Vögel würden sich, während sie sich höher und höher schraubten, nur an ihren eigenen Tönen festhalten.

Und sie hier, tief unter ihnen. Dick. Schwitzend, auf brennenden Füßen heimwärts gehend.

Dann geschah das wieder.

Und wenn sie sich erinnerte, dann waren es immer für andere vollkommen unbedeutende Ereignisse gewesen –

wie, sagen wir mal, so ein Lerchengezwitscher –, die in ihr hatten dieses Gefühl entstehen lassen.

Es war eine Empfindung, die aus einer Höhle tief in ihrem Bewußtsein hervorzuquellen schien.

Plötzlich.

Unvermittelt war es dann da, wie auf diesem Heimweg unterm Lerchenlärm.

Lange hatte sie gebraucht, bis sie ein Wort für diese sonderbare Empfindung gefunden hatte. Eine Bezeichnung. Und tatsächlich fragte sie sich dann oft, ob man für einen solchen inneren Schwerezustand überhaupt ein solches Wort verwenden konnte.

Baumstumpfgefühl nannte sie das alles schließlich für sich.

Bleiern, häßlich und schwerfällig empfand sie sich in solchen langen, kurzen Sekunden. Als schleppe sie rechts und links eine dieser großen Milchkannen mit sich, wie sie einige der Kleinbauern in Erlhofen morgens und abends auf zweirädrigen Wägelchen zur Milchsammelstelle karrten.

Feist, dickbäuchig, tonnenhaft kam sie sich vor, wenn dieses Baumstumpfgefühl sie gepackt hielt.

In einiger Entfernung sah Barbara jetzt unten im Tal die Fuchsmühle liegen.

Man erkannte Hallen und Kräne. Die Straße zwischen Bürg und Erlhofen führte mitten durch das Gelände des Sägewerks hindurch. Morgens im Schulbus hatten ihr die irgendwie vulgär wirkenden Schnittflächen der Baumstämme, die neben der Straße auf dem Sägewerksgelände aufgestapelt waren, oft grundlos einen Schrecken eingejagt.

Und sie erinnerte sich jetzt wieder. An einem regnerischen Morgen war plötzlich beim Anblick der Fuchsmühlenstämme in ihrem Kopf das Wort Baumstumpfgefühl aufgetaucht. Hatte sich zu drehen begonnen. Hatte sich festgefressen.

Kleinigkeiten lösten diese Häßlichkeitszustände aus. Kleinigkeiten, ein Geräusch, ein Ton irgendwo, trieben sie wieder ins Dunkel von Barbaras Bewußtsein zurück. Sie kamen und gingen. Waren unberechenbar. Hinterhältig. Erschreckten sie wie der Zorn eines launischen Menschen.

Nach gut einer Viertelstunde Wegs vom Eisenbrandhof weg, da will sich Barbara die Sandalen von den angeschwollenen Füßen ziehen.

Sie bleibt stehen.

Bückt sich, stellt ihre Tasche ins Gras.

Da hört sie einen Motor hinter sich, hüpft schwerfällig auf einem Bein mit halb abgezogener Sandale an den Rand, damit der Traktor vorbei kann.

Auf seiner breiten Windschutzscheibe rafft, wie sie dann aus zusammengekniffenen Augen sieht, die Sonne Lichtbündel. Hinterm Glas ein schwarzer Haarschopf und dunkle Brillengläser.

Kennt sie den?

Kennt sie dieses Gesicht?

Protzig läßt der rote Riesentraktor seine mannshohen Gummiräder wippen. Steht dann. Knurrt verhalten.

Als würde sich langsam ein gläsernes Maul öffnen: die Windschutzscheibe geht hoch. Der Motor rülpst noch mal. Dann sackt er weg.

Die Stille sticht Barbara in die Ohren; zurückgebeugt sitzt sie, die Ellbogen ins Gras gestützt.

«Da schau her, die Amischicks ist wieder da.»

Fidi Eisenbrand lümmelt sich übers Lenkrad. Der Jungbauer vom Eisenbrandhof mag sechsundzwanzig oder achtundzwanzig sein. Genau weiß es Barbara nicht. Mit seinem jüngeren Bruder Martin ist sie lang in dieselbe Klasse gegangen, ehe der dann wiederholen mußte.

Spott spiegelt sich in dem Gesicht dort, vor dem eine Sonnenbrille hängt. Und sie steht ihm nicht mal schlecht, diese Brille, findet sie.

Ihr fällt ein, jemand hat Fidi Eisenbrand einmal mit einem Rappen verglichen, der zu gut sei, um im Pfluggeschirr zu gehen. Wie immer das gemeint sein mochte.

«Dünner bist auch nicht worden, Amischicks.»

«Was geht's dich an?» antwortet sie knapp.

Die Art, wie er dann Zigaretten aus der Hemdtasche fischt, erinnert sie fast an die schweigende Männlichkeit der Marlboro-Cowboys, die immer wieder ihre Pferde über die Plakatwand neben Hillingers Eisenwarengeschäft treiben.

Aber der Eisenbrand dort soll nicht glauben, sie starrte ihn an.

Unten im Tal, wohin sie jetzt schaut, sieht man einen amerikanischen Jeep fahren, gefolgt von einem dieser kleinen, schachtelförmigen Panzer. Man hört das Rasseln der Ketten bis herauf.

«Weißt noch, mit'm Martin?» sagt Fidi Eisenbrand jetzt. Damals sei sie auch schon so eine Dicke gewesen.

Ihr Gedächtnis hat das längst gelöscht. Sie war nach der Schule mit Martin zum Eisenbrandschen Hof hinausgegangen, und Fidi hatte seinen Bruder und sie im Staubgeruch des Schuppens bei erotischen Spielen überrascht. Wie alt mochte sie gewesen sein?

Sie spürt Röte ins Gesicht hinaufflammen.

«Aber genauso wie jetzt bist dagesessen. Damals in der Holzlege. Daß man alles gesehen hat.»

«Pah», macht sie und wischt nicht vorhandenen Staub von den Jeans.

Sie fühlt, sie muß jetzt ein bißchen so tun, als wäre sie eine viel ältere Frau, die weiß Gott welche Männergeschichten hinter sich hat.

Und stimmte es denn nicht ein ganz klein wenig?

Sie wirft den Kopf.

Spürt Wind in den Haaren.

Das machten alle Kinder, sagt sie. Darüber habe sie gelesen. Er sei ja wohl zu blöd zum Bücherlesen. Und ihm hätte so was auch gutgetan. Dann wär er heut nicht so ein verklemmter Ochs.

«Wir können's ja nachholen!»

«Phaa!»

In der Schule würde man sie auch bald schmeißen. Wenn sie so weitermache. «Und was die Amis angeht, Amischicks ...»

Sie schlüpft aus den Sandalen, schaut dann auf, sieht seine Lippen schmal werden. Nein, trotz allem, übel sieht er nicht aus, der Eisenbrand, denkt sie.

Jetzt plustert sich seine Stimme plötzlich auf. Wild stochert er mit dem Arm zum Wald hinauf, Richtung Osten, wo in einiger Entfernung, wie hier jeder weiß, Stacheldraht und Todesstreifen der Grenze verlaufen. Jeep und Panzer vorhin waren eine der üblichen Grenzpatrouillen.

Die meinten, sie müßten diese Schandgrenze auch noch bewachen. Eisenbrands Stimme macht Klimmzüge. Die Amis, die uns fünfundvierzig verkauft hätten, die würden nichts als amerikanisch-zionistisches Großkapital ins Land pumpen. «Und kein Mensch bei uns sagt denen mal, wer wir wirklich sind, wir Deutschen.»

Sie hört weg. Sie interessiert das alles gar nicht.

«In den Dörfern herumvagabundieren. Den Mädchen unter die Röcke greifen. In jeder Disco auftauchen. Es mit den deutschen Weibern treiben.» Und sie, sie sei auch eine von denen!

Sie tippt sich mit einem Grashalm auf die Nase, läßt ihn über die Lippen wandern, langsam über die Bluse wandern, spürt es gegen den Stoff drücken.

Hat nicht auch jene Frau auf einem der Reklameschilder für ihre lindgrüne Dose so oder so ähnlich in einer Wiese dringelegen?

Und tatsächlich, Eisenbrands Schimpfsätze bekommen Löcher. Verbissen sieht sie ihn an der Zigarette saugen.

Und dann schickt sie ganz leise diese Frage zu dem Sonnenbrillengesicht im Traktor hinüber.

«Was?»

«Hast schon Kinder, Fidi Eisenbrand? Gell, ist nix, oder?!»

In scharfem Bogen schleudert er die Zigarette über den roten Buckel der Motorhaube.

Wie der jetzt nervös die Sonnenbrille gegen eine normale Brille mit starken Gläsern vertauscht!

«Möchst welche. Gell, möchst welche?»

Er sagt nichts, und fast tut ihr alles ein bißchen schon leid. Wann hätte ihr es denn jemals Spaß gemacht, hinterhältig zu tun, jemanden kaltschnäuzig auszunutzen. Sie mit ihrer Seelenweichheit.

«Fuchs eins für Fuchs drei. Bitte kommen ...» Barbara ist zusammengezuckt. Als habe sich ein unbekannter Beobachter plötzlich eingemischt. Blechern und quäkend war eine Stimme irgendwo im Führerhaus erklungen.

Wieder: «Fuchs eins für Fuchs drei. Bitte kommen!»

Der Eisenbrand muß eines dieser privaten Sprechfunkgeräte, dieser CB-Funkgeräte, eingebaut haben, denkt sie noch, steht auf, nimmt Tasche und Sandalen, geht.

Sie hört, wie er hinter ihr lacht. Ins Mikrofon redet. Und sie meint, es klinge beinahe ein bißchen versöhnlich.

«Übrigens, die dicke Sedlatschek kommt wieder heim. Ja, die, die ausgerissen gewesen ist. Die Amischicks, Robert, du weißt. Da vorn läuft sie und wackelt mit ihrem dicken Arsch.»

«Du, he ...» brüllt es kurz darauf aus Motorenlärm heraus und zu ihr herunter. Er winkt auch. Lacht jetzt.

Noch immer fährt er den Traktor mit aufgesperrtem Maul: Auf der hochgereckten Windschutzscheibe sieht man das Licht der tiefstehenden Sonne tanzen.

Ist sie nicht den ganzen Weg nach Hause per Autostopp gefahren? Mit den blödesten Leuten?

Nein, mit einem offenen Sportwagen zum Beispiel kommt sie dann eben nicht angerauscht. Aber sie muß sich auch nicht hintenrum ins Dorf schleichen. So kommt sie wenigstens mit einem heim, der den größten Traktor weit und breit hat. Und Funk haben eh nur ein paar drin. Also, warum nicht, denkt sie.

«Da hock hin.»

Lachend drückt er sie auf die Sitzbank.

«Wirst schon Platz haben, ha! So dick bist auch wieder nicht!»

Dann dreht Fidi Eisenbrand das Radio auf, läßt Musik von Bayern-Drei heraus und gegen das Motorengebrumm an.

Einmal verirrt sich seine Hand zu ihrem Bein herüber.

Sie könnte es nicht sagen. Sie denkt nur an das, was Lore gesagt hat, und sie fühlt, wie ihr diese Berührung guttut. Warum läßt sie es geschehen? Sonderbar.

«Magst Erdbeeren?» schreit er, greift schon unter den Sitz und in eine Steige, wirft ihr eine Handvoll Rotes in den Schoß.

Wieder das alte Ziehen im Magen, und gierig füllt sie sich den Mund mit fruchtiger Süße, bis auch das zu einer eigenartigen Wärme in ihr verschmilzt.

«Mit dem Martin damals», brüllt Fidi übers Traktorwummern weg, «Herrgottsakra ...»

VI

Sie sind über Feldwege hinüber zur Wächterswinkler Straße, und von dort aus hat Barbara ihn dann gesehen.

Der alte, schwarze, gebuckelte Mercedes kam aus dem Dorf heraus. Blankgewienert und noch gut in Schuß – fast ein aus der Mode gekommener Riesenlackschuh auf Rädern.

Hinter dem Saum der Scheunen, Schuppen und schiefen Gartenhäuschen bog das Auto nach links, kam auf schmalem Asphaltband zu ihnen her.

Sofort wollte sie vom Trecker.

Kaum, daß Fidi Eisenbrand in die Bremse gestiegen war, sprang sie ab. Er reichte ihr Korbtasche und Sandalen nach.

Sie rannte los.

Wie vor wenigen Tagen. Als sie vor der Militärpolizei geflohen, über die Terrasse hinuntergesprungen und durch diesen fremden Garten gehetzt war.

Bloß, das war jetzt keine Flucht mehr. Das war jetzt alles andere als eine Flucht.

Sie keuchte, spürte, wie alles an ihr wippte, schütterte. Als könne sie an irgendeiner Stelle ihres Körpers aufplatzen, als könne die Haut ihren Körper nicht mehr zusammenhalten, in dem Moment, da sie laufend in jeden Schritt hineinsackte.

Die Scheinwerfer blinzelten.

Die alte Hupe krächzte eine heisere Begrüßung.

Da riß sie die Tür auf, warf sich in den Ledersitz, schmiegte sich dem alten Mann an die Schulter.

Sanft steuerte der an die Seite, weil auf dem Sträßchen der wummernde Traktor Eisenbrands mit seiner Bayern-Drei-Musik vorbei wollte.

«Opa, Opale ... Opa, Lieber ...»

Sie saugte den Zigarettengeruch ein, den Gewürzgeruch, den der Großvater immer an sich hatte. Sie roch den Duft nach Leder und Öl, der immer in dem alten Auto hing.

«Die Barbara. Hmmm. Na ja. Bist wiedergekommen, Bärle. Schön, daß d' wiedergekommen bist, Barbärle.»

Wie sie denn aussehe. Ganz verschmiert um den Mund. «Haste Obst gegessen? Erdbeeren?»

Da wischte er ihr mit seinem Taschentuch unbeholfen übers Gesicht, als wäre sie noch das kleine, pummelige Mädchen, das sie einmal gewesen ist, damals beim Honigausfahren.

Mit einemmal war das wieder da. War das Bild herausgesprungen aus Barbaras Gedächtnis, war ausgeleuchtet von einer Erinnerung, mit scharfem Umriß und klarem Ton.

Honigverkaufen hieß damals Fahrradfahren. Und Fahrradfahren war ja ein einziges berauschendes Abenteuer für sie. Das war in jener Zeit, da der Großvater schon nicht mehr Fahrer und Gärtner und Hausmeister bei Kossak gewesen war. Kossaks, die auf seinem ehemaligen Grund und Boden eine Fabrik errichtet hatten.

Mit Opa Ulrich also auf dem Rad. Hinauskommen zu den Höfen. In die fremde Welt der anderen Dörfer.

Auf dem Gepäckträger des Rades war ein Holzkasten befestigt, erinnerte sie sich. Darin verstaute der Großvater die Honigbüchsen und Honiggläser. Und unterwegs steuerten Blech und Glas zu dem leisen Knacken der Kette und dem Quietschen des Sattels ihre sanfte Klirrmusik bei.

Man hörte das nach einem solchen Opa-Ulrich-Tag noch nachts im Traum; nur sanfter dann und wie von einem Echo verzaubert.

Manchmal paßt, zwängt sich, schiebt sich so ein Erinnerungsbild in ein, zwei Augenblicke hinein. Ehe man dann weiterlebt. Ehe die Geschichte weiterspringt, ehe Barbara dann des Großvaters Hand an ihrer Wange spürte und wie er ihr übers Haar strich.

Gut. Der Großvater nahm sie mit ins Bienenland hinauf, das an der Straße nach Wächterswinkel lag. Das Bienenland war des Großvaters Reich und letztes Grundstück. Ein länglicher, im Hang klebender Gartenstreifen. Im unteren Teil waren zwischen den Obstbäumen die zwei Bienenhäuser. Das dritte, größere, stand neben dem Gartenhaus, das weiter oben auf einem Geländevorsprung thronte und in dem der Großvater auch die Gewürze lagerte, die er außer Honig noch vertrieb.

Den ganzen Weg lang schniefte sie ins großväterliche Taschentuch. Weinte sie?

Man hätte es meinen können.

Aber es hätte ebensogut auch nur diese Art Seelenmüdigkeit gewesen sein können, aus der, wie sie wußte, in einer der amerikanischen Wohnungen plötzlich ihr Entschluß herausgequollen war, ein Ende zu machen, heimzugehen.

Langsam schnaufte der Mercedes bergan.

Sie solle von Lore grüßen.

«Wie?»

«Von Lore. Einen Gruß soll ich sagen.»

Auf dem Gesicht des alten Mannes sah Barbara einen Ausdruck, den sie nicht deuten konnte. Bitterkeit? Der Anflug eines Lächelns?

«Hmm, die Lore», mehr war nicht von ihm zu hören.

Oben im Bienenland zerrte der Großvater Säcke vom Rücksitz, wuchtete Kisten in den Kofferraum, knurrte auch, er werde die daheim vorbereiten, «damit dir der Wind nicht gar so ins Gesicht bläst. Wartst noch 'ne Weile, kommst dann nach.»

Der Großvater!

Ihr Opa Ulrich.

Seine große, schwere Gestalt, von einer grünen Jägerjoppe nur mühsam zusammengehalten. Weiße Haarbüschel, die sich struppig unter der schwarzen Schildmütze hervordrängten.

Als der Uraltmercedes wieder brummelte, beugte sie sich zu ihm ins Fenster, «Opale ...», drückte ihm einen Kuß in die Bartstoppeln.

«Na, na», sagte er und hatte Krächzen in der Stimme, «na, na.» Und, «hü, Alter», sagte er und gab Gas.

Kurz darauf sitzt sie bei geöffnetem Fenster in dem Stübchen des Gartenhauses auf der Eckbank und fühlt sich beinahe zuversichtlich.

Ein bißchen so, wie wenn man sich beim Honigausfahren vorne auf dem blechernen Kindersitz des Rades zwischen des Großvaters Armen befand.

Gemütlich atmet sie den starken Geruch der Gewürze

ein, von denen sie weiß, daß sie Sack über Sack und Holzkasten neben Holzkasten den Lagerraum nebenan füllen.

Den Gewürzduft hat sie immer gemocht. Den und das Gartenhaus, wie es da am Hang hockte. Vor einiger Zeit hatte sich der Großvater Strom herauflegen lassen und weiter oben eine Quelle gefaßt, die den Wasserhahn speiste.

Man hört einen Kuckuck. Selbst das Sirren der Bienen ist durchs geöffnete Fenster zu vernehmen.

Ich will nimmer weg, denkt sie. Ich will wieder in die Schule. Und Jack soll kommen. Und später, ja, in ein paar Jahren, vielleicht, wer weiß ...

Sie hat sein Foto in eine Ritze der Tischplatte geklemmt, so daß sein Vater, seine Mutter nun knapp vor ihr stehen, während sie ihre Wange auf den Tisch schmiegt.

Und dann klingt eine Melodie in ihr auf. Leise schickt sie den Tönen Worte hinterher: «... und wer dort kommt, das ist mein Vater, meine Mutter. O ja, es ist schön, das grüne Gras der Heimat wiederzusehn ...»

Sie hat sich den englischen Song übersetzt, und manchmal gefällt ihr der eigene Text ohnehin viel besser.

Sie betrachtet das Foto: der Vater im rotgewürfelten Hemd. Fast verlegen schaut er drein. Und er, Jack, in seiner Uniform. Ihr fällt ein, wie er sie angesprochen hat, als dieser amerikanische Lastwagen mit Motorpanne an der Bushaltestelle in Bürg festsaß. Nach der Schule standen allerhand Leute und natürlich auch hübschere Mädchen als sie da und warteten auf den Bus. Aber nein, zuerst hatte er vom Führerhaus eine Weile zu ihnen herübergeschaut, während der andere Amerikaner im Motor herumhantierte. Dann war er plötzlich ausgestiegen, mitten durch die Leute und die anderen Schüler auf sie zugekommen, hatte nach einem Telefonhäuschen gefragt. Sie lägen wohl endgültig fest.

Sie wünschte sich ihn jetzt hier herauf ins Bienenland. Sein Gesicht. Seine Hände. Seine Stimme.

Sie wird ihm schreiben.

Jetzt. Sofort.

In der Schublade, nichts. Nur gebündelte alte Honigrechnungen. Und ein Sturmfeuerzeug. Neben dem Gärtnermesser des Großvaters. Das Zigarrenkistchen, auf dem eine spanische Tänzerin schlank und stolz die schlanken Beine wirft, schiebt sie zur Seite. Da, der Kuli. Schreibt nicht. Mine leer.

Der Stift hat eine Aussparung, in der man eine Bikinischönheit sieht, die, hoch auf die Zehenspitzen gereckt, ihren gutgebauten Körper herzeigt.

Vielleicht. Vielleicht, wenn sie sich den Kuli genauer angesehen hätte. Sie hätte dann wohl bemerkt, daß die eingeschlossene Schöne den Bikini sinken läßt, wenn man das Ding auf den Kopf stellt. Aber sie wirft den Kuli zurück ins Dunkel der Lade, ertastet dafür einen Zimmermannsbleistift.

Im Halbdunkel des Wandschranks, von dem der Großvater immer sagt, er sei einmal ein Gewehrschrank gewesen, reißt sie sich ein Blatt vom Rechnungsblock. Er liegt neben einer grünen Stahlkassette.

Die ist verschlossen. Sie zieht am Griff. Nichts. Der Inhalt muß schwer sein. Einen Moment lang erregt der grüne Kasten ihre Aufmerksamkeit.

Dann hat sie sich ein angebrochenes Honigglas mit zum Tisch hinübergenommen, tunkt den Finger ein, leckt, schreibt mit dem dicken Zimmermannsbleistift das, was auf der Rückseite der Rechnung zu einem Liebesbrief werden soll.

Sie schreibt: «Dear Jack ...»

Sie denkt sich einfache Sätze zurecht. Sätze, in denen der Großvater vorkommt. Und daß das Heimkommen doch nicht so ein Horror sei. Und daß sie das Geld schon auftreiben werde.

Und während sie schreibt und englische Wörter denkt und weiterschreibt, transportiert ihr Finger Honig in ihren Mund. Sie beginnt dann auch, ihr Lied zu summen, und zum Schluß ist sie beinahe so etwas wie glücklich.

Die Geschichte geht weiter, Schub um Schub. Es war knapp vor fünf Uhr an diesem Donnerstagnachmittag, diesem 3. Juli, da sah Barbara, wie ihr Vater ihr auf der Erlhofener Hauptstraße entgegenkam. Sie war auf diesen Anblick nicht gefaßt gewesen.

Sie erschrak.

Barbara erschrak, sah ihn Leute grüßen, alles Bankkunden, wie er immer erklärte.

Herr Sedlatschek arbeitete in der Filiale der Raiffeisenbank, und er war für Erlhofener Verhältnisse immer viel zu gut gekleidet. Und auch jetzt: Hellgrauer, eleganter Sommeranzug. Hellblaues Hemd. Taubenblaue Krawatte. Das Gesicht hager, fast schmal. Die gewellten braunen Haare im sauberen Herrnschnitt gescheitelt.

Begegneten sich in diesem Moment ihre Blicke? Barbara sah dann eine alte Frau, die sich verkrümmt auf einem schwarzen Fahrrad vorbeiquälte. Unter dem Sattel lugte ein Bündel Stroh hervor. Die Alte mußte den Sattel wohl damit ausgepolstert haben.

Irrte Barbara sich? Oder gafften ihr einige Leute tatsächlich schon nach? Der alte Beetz zum Beispiel, der dort auf einem Karren silbrigglänzend angelaufene Milchkannen zur Sammelstelle zog?

Ein hoch mit Holz beladener Laster der Fuchsmühle rumpelte vorbei, schlug Barbara und Herrn Sedlatschek nach Harz riechenden Fahrtwind ins Gesicht.

Sie verstand zuerst nicht, was der Vater sagte, und grob riß er sie kurz darauf am Handgelenk und in die Radergasse hinein.

Mit ihr könne man sich nicht mehr zeigen im Ort. «Ich als Bankmensch.» Es habe schon genug Gerede gegeben, wegen ihr. Man gehe jetzt hintenrum. Aus.

Sie wollte sich befreien, aber er umklammerte ihren Arm, ging jetzt auch so rasch, daß sie kaum Schritt halten konnte.

Und sie ahnte, was kam. Was kommen würde. Und tatsächlich reichte seine Wut nur knapp bis zu Haubners Scheune. So wie Herr Sedlatschek seine Wut hatte nie durchhalten können. Gegen die Mutter nicht und gegen den Großvater schon gleich gar nicht.

Plötzlich blieb er stehen, schaute sie mit weichen, müden Augen an, und seine elegante Kleidung erschien ihr in diesem Moment unpassender denn je.

«Jeschusch, Mädel, warum tust uns das an? Ham wir das verdient? No bitte, wie soll das denn weitergehen?»

Böhmisch. Sudetendeutsch oder wie man das nennen sollte. Sie wußte, immer wenn er aufgeregt war, brachte er alles nur auf böhmisch heraus.

Mache ihnen der Viki denn solche Sorgen? Nein, der Viki mache ihnen absolut keine Sorgen. Ein guter Bub sei der, «ein guter Panzerleitnant».

Herrn Sedlatscheks Arm suchte jetzt ihre Schulter, und sie spürte, wie in ihrem Hals das Weinen einsetzte, ihre Stimme preßte.

«Vater, schau ... es ist ... ich will ja ...»

Was wollte sie? Ja, sie hatte für sich einen Schlußstrich

gezogen unters Ausreißen. Unters Hineinrennen in so eine Sehnsucht von etwas, das man nicht kannte. Vor siebzehn Tagen war es noch so gewesen: Als am Nachmittag mitten in den Hausaufgaben plötzlich Jacks Stimme im Telefon war und sie ein paar Sachen zusammengerafft hat und dann unten im Ort an der Straße stand und dann diesen großen Amiwagen, der, wie sie später erfuhr, Sallys Mann Roy gehörte, als sie also diesen Amischlitten auftauchen sah, da hat sie gemeint, *es* und *es* und *es* käme jetzt auf sie zu, und sie müßte nur fortrennen und hineinrennen. So war das doch gewesen? Und dann hat eines das andere gegeben. Und mitten aus dieser Sehnsucht heraus, die ihr dann in Jacks Augen so nah erschien, hat sie ganz einfach nicht sagen wollen, nicht sagen können, sie müßte jetzt heim, es solle sie jemand heimfahren. Schon sein Gelächter hat alles unmöglich gemacht. Aber jetzt war's anders. Jetzt wollte sie Helligkeit und Klarheit in sich und in ihr Leben bringen. Jetzt war, was sie erlebt hatte, fester Boden, auf dem sie sich ein anderes Leben herrichten wollte. So war es doch.

Doch wie hätte sie dem Vater das alles erzählen sollen, in diesem Moment. Wieder also diese weggesaugten Worte, die etwas hätten erklären können. Und dieses japsende Weinen, was sollte er dazu sagen?

Die Kollegen in der Bank machten bereits Andeutungen. Das bedrückte ihn alles sehr. Auch weil er sich halt doch Hoffnungen mache auf die Filialleitung. Keine unberechtigten, «no, keinesfalls». Aber jetzt das Gerede über seine Familie, so was schade einem Bankmenschen immer. «Iberzeigt bin ich schon, daß wieder dein Amerikaner dahintersteckt.» Und nicht das, wovon sie auf den beiden Postkarten geschrieben habe. «No ja, wern ma schaun.»

Es war eine Stunde später, und von dem sanften Rumpeln der Autos auf dem Kopfsteinpflaster der Hauptstraße müßte jetzt die Rede sein. Man hörte es bis zu ihrem Haus herauf.

Barbara befand sich im Badezimmer, und sie hatte das Fenster schräg gestellt. In schwellenden Schwaden zog Wasserdunst weg.

Jedenfalls vorerst mal auch von dem Einfamilienhaus sprechen, in dem die Sedlatscheks im Chrysanthemenweg zur Miete wohnten, und daß die Handvoll Neubauten, die sich rechts und links der frischgeteerten Straße aufreihten, im Dorf nur «die Siedlung» genannt wurde. Nach einigen hundert Metern, schräg den Hang hinauf, versackte das Sträßchen stumpf im Wiesengrün.

Erklären, daß, selbst wenn man die vier, fünf Neubauten der Tulpenstraße, die vom Chrysanthemenweg wegging, mit rechnete, so ein Wort wie «Siedlung» die reinste Übertreibung war. Ein Wort freilich, das Barbara immer gemocht hat.

Den ganzen Tag über war es heiß gewesen. Nun, am Abend, hatte man die Fenster geöffnet, um etwas von der Kühle, die von der Rhön herunterströmte, in die Wohnungen zu lassen. Irgendwo in der Nachbarschaft ein Nachrichtensprecher mit der Tagesschau. Zwei Hunde. Und in dieser Erlhofener Feierabendstille drang aus einem der Nachbargärten ein monotones Geräusch herüber: halb beruhigend, halb warnend. Es mochte aber nicht mehr als nur ein automatischer Rasensprenger gewesen sein.

Barbara unter einem Schaumteppich in der Badewanne. Und als sich hinter ihr der Schlüssel im Schloß gedreht und die wütende Befehlstimme der Mutter immer wieder das Wort «Hausarrest» hervorgestoßen hatte, da mußte ihr abermals dieses japsende Weinen die Kehle emporgestiegen sein.

In dem wie endgültig und wie für alle Zeiten verschlossenen Badezimmer hatte sie dann plötzlich ihre Kräfte versiegen gespürt. Auf dem türkisfarbenen Toilettendeckel war sie in sich zusammengesunken und hatte lange in das Zahlenauge der grünen Bodenwaage gestarrt.

Stimme es denn nicht? War sie denn nicht tatsächlich nur eine einzige blöde Plumpheit, die man verstecken mußte. Die man wegschloß. Eine hautüberspannte bösartige Geschwulst auf zwei Beinen, mit der niemand etwas zu tun haben wollte. Tatsächlich so was wie ein Menschenstumpf und Gewichtskoloß?

Hätte sie nicht irgendwann mit dem Rücken unwillkürlich den Spülknopf gedrückt, was tatsächlich komisch wirkte, sie auch hochschrecken ließ, wer weiß, sie wär so, Stunde um Stunde, einfach sitzen geblieben. Eingetaucht, hinuntergesogen in den lähmenden, dunkelblauen Zustand ihres Baumstumpfgefühls.

So aber, in der plötzlichen Hoffnung auf wärmendes Wasser, hatte sie begonnen, sich mechanisch zu entkleiden, die Hähne aufzudrehen.

Die alte Sache. Hausarrest begann immer im Bad. Hausarrest begann damit, daß man ins grün Gekachelte verbannt wurde. War immer so gewesen.

Auch für Barbaras Bruder Viktor. Bloß, Viki, der fünf Jahre älter war und zur Zeit bei der Bundeswehr Leutnant und Panzerkommandant, Viki hatte ja damals nie geweint. Oder? Nach einer Weile hatte man ihn immer hallend singen gehört. «Wir wollen zu Land ausfahren, über die Fluren weit ...»

Meistens dieses Lied.

«Aus der grünen Hölle des Amazonas zurück!» hatte er ihr einmal zugeflüstert, als die Mutter ihn aus dem Bad gescheucht hatte.

Sonderbar, überlegte Barbara jetzt. Sie hatte damals alles noch nicht so richtig verstanden. Begriff sie es heute? Wenn sie ehrlich war, mußte sie sich sagen, daß ihr vieles im Verhalten der Erwachsenen noch immer auf gleiche Art rätselhaft war.

Die Wasserwärme, die sie umspülte, tat ihr gut. Das Wasser machte ihren dicken Körper leicht, trieb auch das Baumstumpfgefühl weg, machte es dünn, still, nahm ihm seinen Sog.

Nachdem sie eine Weile so dagelegen war, begann sie an die Augenblicke mit ihm zu denken. Jack hatte sie dann oft angesehen, mit diesem verschmitzten Lächeln in den Augen, und hatte seine Finger über ihre Haut hintanzen lassen. Und dann diese Koseworte in seinem amerikanischen Dialekt, und wie diese runden, warmen Worte von seinen Lippen und auf ihre Blöße heruntergerollt waren.

Was auch käme, sie würde ihn immer lieben. Sie wußte es jetzt. Und, o ja, natürlich, das Geld würde sie ihm schon beschaffen. Wegen des Autos. Damit diese Herumquälerei zwischen Fleckwild und Erlhofen aufhörte. Damit man sich hier oder woanders jederzeit treffen konnte. Hatte er nicht einmal erwähnt, er habe sogar seinen Eltern von ihr geschrieben? Von ihr, dem «Fraulein from Germany»?

Sie schob das weiße Kissen des Schaumteppichs beiseite. Unterm Wasser ihr Bauch, über den die weißen Schläuche ihrer Speckfalten liefen. Sie sah die Dunkelheit ihres Schoßes, von Fettpolstern umgeben. Ihre Beine. Oh, ihre Beine. Sie hätten im Wasser schwimmende weiße Baumstämme sein können.

Und doch wünschte sie sich, er könne sie so sehen, und lange schmückte sie sich diese Vorstellung aus, flocht in das Bild hinein, wovon Lore geredet hatte.

Dann fiel ihr Fidi Eisenbrand ein und wie sie nichts gegen seine Hand getan hatte. Wie nur hing das alles miteinander zusammen? Wie konnte man zum Beispiel ihn so sehr lieben und dann Eisenbrands Hand.

Alles in allem waren vielleicht zwanzig Minuten vergangen, seit sich Barbara unter Hausarrest im Bad befand, da hörte sie durchs schräg gestellte Fenster vom Nachbarhaus her das Aufheulen eines dieser kleinen Motoren. Kurz darauf draußen eine Männerstimme, die etwas schrie, die keifte: «Besoffen, bist wohl wieder total besoffen, Blödmann», worauf das Motorheulen jäh abkippte.

Barbara überlegte, es mußte Georg Rösch sein, der da einen seiner Flugmodellmotoren ausprobiert hatte. Georg war zwei Jahre älter als sie, und er machte bei Kordeuter in Rüderstreu eine Lehre als Maschinenschlosser.

Besoffen?

Es war wohl sein Vater gewesen, der ihn so angeschrien hatte.

Tatsächlich hatte sie Georg mehrmals am Sonntagabend, wenn man die kommende Arbeitswoche schon drohend über dem Ort spürte, betrunken aus einer der Wirtschaften kommen sehen.

Einmal hinter ihm ein höhnisch grinsendes Gesicht in einer Wirtshaustür: Er saufe sich noch seinen Verstand aus dem Hirn.

War es der alte Beetz gewesen? Es mochte sein. Georg hatte sich umgedreht, wie sie jetzt in der Erinnerung vor sich sah, hatte sich haltsuchend gegen die Hauswand gestemmt: «Na, pfeilgrad andersrum ist es. Verstand hineinsaufen tu ich mir, in mein Hirn.» Wind hatte ihm die Haare wirr zu Berge stehen lassen.

Komisch, die Szene war ihr damals lange im Kopf herumgegangen, und sie hätte Georg auch gerne danach gefragt.

Hausarrest im Bad. Die alte Sache. Und die Erinnerungsbilder steigen auf und versinken, kommen und gehen. Und irgendwann an diesem frühen Abend hörte sie dann den Schlüssel im Schloß.

So. Jetzt.

Und sie sah ihre Mutter hereinkommen und wie sie rasch und entschieden die Tür wieder zumachte, als betrete sie einen Käfig mit einem fluchtbereiten Tier.

So. Also.

Barbara riß den Stöpsel aus dem Abfluß, und sofort schnorchelte das Wasser höhnisch davon.

Anfangs schwieg Frau Sedlatschek noch verbissen, und Barbara sah in ihrem Gesicht den Zorn die Fäuste ballen. Vermutlich war sie am Nachmittag noch im Supermarkt gewesen, in dem sie mehrmals in der Woche aushalf; für diese Nachmittage schminkte sie sich, wie Barbara wußte, immer besonders zurecht, und man sah's jetzt noch. Mit ihrer zum Üppigen neigenden Figur war Frau Sedlatschek in Erlhofen durchaus eine Erscheinung, die Blicke auf sich zu ziehen vermochte.

Wortlos drehte sich die Mutter dem Spiegel zu. Barbara fühlte die Wärme des Badewassers weglaufen, klammerte sich, zu einem großen, rosafarbenen Menschenklumpen zusammengekauert, verzweifelt an den Wannenrand. Beobachtete die Mutter. Wie sie den Kamm durchs schwarze Haar riß. Spürte schweigenden Zorn.

Und dann kamen die Sätze daher. Kantig. Hart. Warfen

sich über sie, und sie kauerte als quallenhafter Fleischklumpen in der Wanne.

Der ganze Ort rede davon. Im Supermarkt Sticheleien. Bei Vater in der Bank das Gerede. «Einmal war ja sogar die Polizei da.» Hätte sie nicht diese lausigen Karten geschickt, sie hätten weiß Gott was unternommen. Und Vater stehe kurz vor der Beförderung.

Sie hörte die Worte der Mutter gegen den Spiegel prallen und dann zu ihr herspringen.

Wenn das so weitergehe mit ihr, dann werde man sie eben in ein Internat tun. Nicht nur, daß sie das Gymnasium nicht geschafft habe, wie ihr Bruder, jetzt bestehe auch noch die Gefahr, daß man sie von der Realschule schicke.

Ein Reflex. Barbara stand auf, wollte ihren Körper vor den Worten mit den Armen schützen.

«Du läßt dich gehen!» So eine habe ihre Tochter nicht werden sollen. Und zugenommen habe sie wohl auch wieder. «Da! Und da!»

Ihre Hände zwickten Barbaras Haut dort, wo sie ein bißchen rot gefärbt war. Ein Kratzer, nicht mehr.

Ob das von ihm sei? Ja?

Sie sah die Augen der Mutter schmal und hart werden.

«Dein Jack, macht er so was mit dir? Daß du blaue Flekken kriegst?!»

Zuerst mit der Hand.

Ins Gesicht. Auf den Rücken.

Alle Wahrnehmungen verschwammen ihr zu einem einzigen Klatschen, das von ihrem Körper herrühren mußte beziehungsweise von den wütenden Händen der Mutter, von Händen, die irgendwo auf ihren Körper niederprasselten, als wären's Steine, rasch hintereinander ins Wasser geworfen.

Ein sausendes Wischen dann, als die Stielbürste anfing, ihre Haut aufbrennen ließ, und da war schon nicht mehr zu unterscheiden, welche Worte zu allem fielen.

Plötzlich jemand an der Tür.

Da mußte Barbara bereits auf dem Badezimmerteppich zusammengekauert gelegen haben, seitlich zur Wanne hingeduckt.

«Hörst auf, Rosl. Laß se! Ich hab dir gsagt, du sollst se lassen.»

Ob er denn nicht sehe, daß «'s Kind» nix anhabe? Raus!

Der Großvater polterte durch den Flur davon.

Als sie die Mutter dann flüstern hörte, schluchzen hörte, Entschuldigungen stammeln hörte, schlang Barbara die Arme um sie und weinte in ihr Haar hinein.

Es mochte eigenartig sein, aber sie fühlte in diesem Augenblick eine Zuneigung zu ihrer Mutter, wie sie sie nie zuvor gespürt hatte.

Ja, ja, alles. Sie verstehe ja alles. Daß sie ihn so gern habe. Aber manchmal reiße sie was mit fort, das stärker sei als sie. Eine fremde Hand, gegen die sie nichts tun könne. Ja, alles, du liebes Kind, du: Die Worte der Mutter an ihrem Ohr wie das Wispern von Feuer in einem abgeflämmten Feld.

Man könnte, sollte nun zeigen, wie Barbara sich dann in der Küche vor den geöffneten Kühlschrank hockte. Sauber. Im gelben Licht, so sauber. Und bunt verpackt. Und unschuldig. So lagen die Speisen vor ihr.

Sie riß eine Packung Milch auf, kippte den Kopf in den Nacken, trank und trank. Mußte aufstoßen. Trank weiter, bis alles in ihr zu einem großen, kalten Klumpen wurde. Schön. Beruhigend. Und dieser kalte Milchklumpen in einem, der strahlte doch hinaus und hinauf in die glühende, gerötete Haut. Sie rollte die Schulter unter ihrem übergeworfenen Bademantel.

Käse. Käse jetzt. Da. Das Paket zerschlitzt, und sie rollte sich die Scheiben zu gelben, weichen Stangen. Stopfte sie in sich hinein. Schlang eine um die andere in sich hinunter. Automatenhaft. Ferngesteuert von irgend etwas. Mit ausgeblendetem Kopf und eingeschalteter Gier.

Jetzt und jetzt und jetzt griff sie sich einen Löffel, schaufelte eine Dose Fleischsalat rasch und widerstandslos leer und in ihr Inneres hinunter.

Schinkenscheiben. Hinein und in sich hinunter.

Vier, fünf Essiggurken.

Und weggelöffelt dann ein Restetöpfchen Kartoffelbrei.

Schließlich meinte sie, sie müsse sich übergeben. Aber überm Küchenbecken brachte sie nur ein Würgen aus sich heraus. Die Speisen behielt sie bei sich.

Mit zwei Honigbroten in der Hand ging sie kurz darauf in ihr Zimmer hinunter. Schloß sich ein. Legte sich ins Bett. Aß und lauschte auf die Geräusche oben.

Irgendwo im Haus hörte man zwei Stimmen gegeneinander angehen. Es mußten die Mutter und der Großvater sein.

Das Telefon schrillte, und kurz darauf war zu vernehmen, wie sich der Vater in eines seiner ewigen Gespräche mit jemandem aus der sudetendeutschen Landsmannschaft hineinziehen ließ, der Landsmannschaft, in der er Schriftführer war.

Sie betastete ihren Bauch, fühlte unter weicher Haut die Speisen als angenehm brodelndes, glucksendes Zentrum, aus dem ein Gefühl der Zufriedenheit aufstieg.

Sie drehte am Radio. Aber selbst Bayern-Drei brachte nur Klassisches. Sie sah auf der Stereoanlage immer noch die Platte liegen, die sie irgendwann vor siebzehn Tagen aufgelegt haben mußte. Mit den Kopfhörern zog sie sich Musik herüber ins Bett. Einer sang: «Country road, take me home ...»

Irgendwann ist Barbara dann, mit einem Kissenzipfel im Mund, hinunter in die blaue Schwärze des Schlafes geglitten.

VII

Gibt es überhaupt Ereignisse, die einfach sind? Haben nicht, wenn man genau hinsieht, alle Geschichten Äste, Zweige, nadelfeine Ausläufer, die hierhin zeigen, dorthin zeigen? So sei hier nun ein Bild davon gegeben, was am folgenden Tag, einem Freitag, um ein Uhr ungefähr los war.

Nicht viel zuerst.

Oder doch?

Mittags, 4. Juli also, und man saß bei Tisch. Genauer gesagt, alle haben darauf gewartet, daß die Mutter das Essen auftrüge.

Den ganzen Vormittag über hatte Barbara gemeint, es sei zwischen ihr und der Mutter zum erstenmal in ihrem Leben so etwas wie eine dünne, durchsichtige Gemeinsamkeit entstanden. Gemeinsamkeit, so glaubte sie, sozusagen zwischen zwei Frauen. Einer jungen und einer, die ein bißchen älter war.

Allgemeines Schweigen zuerst, und Barbara hat draußen vor dem Wohnzimmerfenster auf den Ziegeldächern des Dorfes und auf dem spitzen Hut des Kirchturms rotschimmernde Nässe gesehen. Es tropfte von den Ästen und Blättern der Bäume, und man konnte ahnen, wie das Wasser draußen in kleinen Rinnsalen die Straße hinunterlief.

Auf dem Zaun zu Röschs Grundstück sah Barbara Spatzen turnen. Zwischen den niederfallenden Regentropfen machten sie sich bauchig und rund, plusterten sich auf, und man konnte silberne Tropfen von den Flügelchen wegsprühen sehen.

Der Duft, der aus den Töpfen aufstieg, die die Mutter schließlich zum Tisch herübertrug, kitzelte Barbara die Nase, machte sie wach. Sauerbraten mit Weckklößen. Und sie sehnte dann diesen Satz herbei. Der gleich fallen würde. Der gleich fallen mußte.

Aber der Vater schwieg.

Man sah seine Kieferknochen unter der Wangenhaut rhythmisch pumpen. Zeichen für Ärger in der Bank.

Wie blöd, dachte sie, daß einem so was fehlt, wenn man mal weg gewesen ist. Doch die Bemerkung, mit der der Vater Weckklöße immer als Perversion des böhmischen Semmelknödels zu bezeichnen pflegte, blieb aus (beim Weckkloß kommt Semmelknödelteig in 'ne Gugelhupfform rein).

Sie solle nur nehmen.

Das möge sie doch.

Das habe sie doch immer gemocht: Frau Sedlatschek zu Barbara mit dieser samtenen Verschwörerstimme, mit diesem neuen Gemeinsamkeitstonfall.

Nachdem alle eine Zeitlang schweigend gegessen hatten, sagte der Vater schließlich, Viki habe geschrieben: «Brief und Foto. Ein guter Bub.»

Barbara sah den Vater ein Bild zum Großvater hinüberreichen: «Beim Manöver in der Lüneburger Heide.»

Der Großvater lehnte es gegens Bierglas, aß weiter, und

sie dachte, so ähnlich hatte sie Jacks Foto oben im Gartenhaus auch vor sich auf dem Tisch gehabt.

Und dann hätte sie sich am liebsten die Ohren verstopft. Denn jetzt würde über sie alle ein vom Vater und vom Großvater inszeniertes Naturereignis im Sedlatschekschen Familienleben hereinbrechen.

Unabänderlich.

Unweigerlich.

Jetzt wurden von Vater und Großvater die Sätze auf dem Tisch zu einem Podest aufgestapelt. Zu einem Podest, auf dem oben, sozusagen auf einer riesigen Torte aus Lobeshymnen und Lobesworten, das Bild ihres Bruders lag. Jetzt stopften die ihn mit Bewunderungsworten wieder so groß aus, daß man selbst zu einem kleinen, fetten Baby wurde, das nicht einmal über den Rand des Tisches hinaufschauen konnte. Dem man bloß den Mund stopfte, wenn es auch nur ein Wort dagegen sagte.

Es fiel ihr ein, daß Sally ihr einmal Fotos von ihrer Hochzeit mit Roy gezeigt hatte. Man hatte beide gesehen, wie sie eine gut halbmeterhohe Hochzeitstorte anschnitten.

Unweigerlich. Unabänderlich. Wie Regen und Sonnenschein. So etwas veranstalteten die beiden Männer immer, wenn einer von Vikis Briefen ins Haus geschneit war.

Dabei, wenn man einen dieser Viki-Manöver-Briefe las, kriegte man sofort heraus, daß diese Riesentorte aus Lobesworten nicht die Wahrheit war. Daß seine Gefühle und Beobachtungen, von denen er da knapp und sachlich schrieb, dieses ausschweifende Gerede von Panzertypen, Dienstgraden und Mannschaftsstärken überhaupt nicht rechtfertigten.

Und auch nicht diese Vorwürfe des Großvaters, er, Vater, den Opa Ulrich bei solchen Bewunderungsgewaltmärschen immer nur Poldi nannte, er verstehe ja, genaugenommen, nichts von alledem. Als einer, der damals nicht «bei der Wehrmacht» gewesen sei.

Worauf der Vater dann immer mit seinen Erlebnissen von der Flucht aus dem Sudetenland dagegenzuhalten versuchte. «Wie wir damals raus sind, aus der Tschechei.» Wie nach dem Attentat auf den Stellvertreter des Reichsprotektors, in einem Ort namens Lidice, von den Deutschen alle Männer erschossen worden seien, weil einer der Attentäter von dort gewesen sei.

Wie sollte man sich da durchfinden, hat sie sich gefragt, zwischen dem, was tatsächlich in so einem Brief stand, und dem, was Vater und Großvater dann daraus machten.

Und je länger das alles gedauert hat, um so rascher hat sie gegessen. Sie hatte oft erlebt, daß sich in solchen Situationen ihre Eßgeschwindigkeit plötzlich verdoppelte.

Längst hatte Frau Sedlatschek den Brief ihres Sohnes überflogen, und an ihrer Miene hat Barbara erkannt, sie war in Gedanken woanders.

Sie habe heute morgen mit Konrektor Stollmann telefoniert. Rektor Höger sei krank. «Am Montag mußt du wieder in die Schule.» Die Lehrerkonferenz werde über ihren Fall entscheiden.

Barbara hörte, noch hielt sich die neue Farbe im Tonfall der Mutter.

Im schlimmsten Fall könne es sein, daß sie von der Schule müsse. «Wenn alle gegen dich sind.» Aber er habe auch nur von Unterrichtsausschluß gesprochen.

Da starrte sie in ihren Teller hinein, an ihren fleischigen Händen schienen Gabel und Messer für alle Zeiten unabänderlich festzukleben, so kam es ihr vor.

Von der Schule. No ja. Natürlich. Das habe noch gefehlt.

Der Vater schaut herüber. Des Großvaters Hand greift den Bierseidel.

Die Mutter. «Laß sie.»

«Ich? – Ich soll sie lassen?» Wer habe sie denn grün und blau gedroschen?

Mutters Besteck klirrte in den Teller, daß alle aufschreckten.

Weil er eben völlig unfähig sei, sich um die Kinder zu kümmern.

«No ja, schlagen, das könnt ich sie auch.»

Er könne überhaupt nichts. Er könne morgens in seine miese Raiffeisenfiliale gehen und Zahlen zusammenzählen.

Als die Mutter Vorwurf auf Vorwurf über den Tisch schleuderte, daß sich der Mann dort drüben, der ja Barbaras Vater war, klein machte, den Kopf zwischen die Schultern hineinsacken ließ, das Gesicht über den Teller duckte, als sich die Stimme der Mutter wieder hinaufgesteigert hatte in jenen Ton, der Barbara immer an klirrende Scheiben denken ließ, schlug der Großvater schließlich mit der Hand zwischen das Geschirr: «Schrei net so, Rosl.» Der ganze Ort höre mit.

Man könne sie ruhig schreien hören. Sie habe nichts zu verbergen. Sie sei beliebt bei den Leuten. Sie sei schließlich hier zu Hause.

«Rosemarie, bitte.»

Barbara spürte, daß sie zu zittern begann.

Was zwischen dem Vater und der Mutter vorging, kam ihr wie ein Spiel vor, das sie schon oft miterlebt hatte und bei dem es offensichtlich nur darauf ankam, Worte wie Pfeile zu verwenden. Und das schlimmste war, daß die Regeln, nach denen man dem anderen die Wortverletzungen beibringen mußte, daß diese Regeln hinter den Stirnen der Erwachsenen verborgen blieben. Kopfgeheimnisse.

Wenn Pfäffling demnächst pensioniert werde, «dann missen sie mich nehmen».

Jetzt nahm der Vater auf verbuckelte, umständliche Art wieder Anlauf zu etwas, das eine Verteidigung werden sollte.

Pfäffling scheide zwar erst im August aus, «aber die Entscheidung missen sie in den nächsten Tagen fällen». Bitte scheen, wofür er denn geracker habe, in der Kassa.

«Ein anderer hätt doch diesen Pfäffling schon längst rausgedrückt!»

Barbara ist dann hinausgeflohen, hat noch, als Nachhall auf ihren Schrecken, das Wort Internat gehört und wie der Großvater donnerte: «Rosl, jetzt reicht's. Das Kind bleibt.» Was half das? Ihr half das natürlich vorerst mal nichts. Sie war ja heimgekommen, um was zu löschen, um dafür was anderes hinzusetzen. Helle Striche hinzumalen, klare Striche hinzumalen, zwischen denen man dann von einem Tag in den nächsten hineingehen konnte. Weil man da etwas erlebt hatte, das schön gewesen war, das etwas in einem zum Klingen gebracht hatte, so daß man meinte, man wär nun ein bißchen so was wie ein veränderter Mensch. Erwachsener auch. Älter. Wie jemand, den siebzehn Tage gewandelt hatten. Es gibt keine Geschichten, die klipp und klar sind und aus. Wie hätte jene, die hier erzählt wird, denn anders sein sollen.

VIII

Und dann wieder unten in ihrem Zimmer. Vielleicht Viertel nach zwei. Und wie sie ihm schrieb, sie müßten sich so bald wie möglich sehen. «Auch mein Großvater hat versagt. In der Schule wird's auch Trouble geben. Wegen des Geldes habe ich noch nichts unternehmen können. Ich denk schon dran. Treib das schon auf. Ich küsse Dich.»

Draußen immer noch Regen, und Barbara malte sich die Lippen rot, drückte sie ins Papier. Den Zettel schob sie zu den Rechnungsbögen ins Kuvert, die sie im Gartenhaus mit dickem Stift beschrieben hatte. Ein Liebesbrief.

Dann mit dem Rad durch den Nieselregen hinunter zum Postkasten am Rathaus. Das Zischeln der Reifen in den Pfützen, fast beruhigend. Die Nässe in der Luft, ein feuchter Schwamm, der einem übers Gesicht wischte.

Sie entschloß sich rasch. Einmal dachte sie noch, Hausarrest, ja natürlich. Genaugenommen. Aber war das nicht alles irgendwie bedeutungslos geworden? Zerbröckelt von den Ereignissen, die sich zugetragen hatten? Im Bad. Bei Tisch.

Zwanzig Minuten später. Sie stellte ihr Rad gegen den Bretterstapel hinten am Eisenbrandschen Stall und spürte dann auch die Nässe am Rücken und an den Beinen.

In der Stimmung, in der sie sich jetzt befand, wäre sie ohnehin kilometerweit durch Schnee und Eis gelaufen. Hätte sich, wenn's hätte sein müssen, auch nackt und bloß Frost und Kälte ausgesetzt. Was sollte da das bißchen Regen?

«Lore, ich hab das alles vergessen ghabt», redete sie kurz darauf zu der Frau hin, die in ihren grünen Gummistiefeln im Stall stand, als wäre sie fest in den Boden gewurzelt.

Die also dastand, sich nicht im mindesten über Barbaras

plötzliches Auftauchen zu wundern schien, vielmehr hier, mitten in dieser Gasse des Eisenbrandstalles, einen Teller mit Broten in der einen Hand hielt und eine Käseschnitte in der anderen. Lore also, die ruhig weiteraß, während man Schnaufen und Stampfen der Tiere vernahm und ab und an ein leises Prasseln, wenn Wind einen Regenguß gegen die Fenster hinwarf.

«Lore», sagte sie, «Lore, ich bin wieder heim, von allein, und jetzt ist mir's, als wär ich besser in die andere Richtung fort.»

Sagt sie. Und versucht dann zu beschreiben, wie nach und nach in ihr diese Entscheidung fürs Heimgehen und für diese lichte Hoffnung auf ein irgendwie neues Leben gewachsen sei.

Lore aber kaute nur, schluckte nur, blickte sie an und kam nicht aus ihrem Schweigen heraus.

Dabei sah Barbara einen gelösten, beinahe heiteren Ausdruck über das alte Frauengesicht hingehen, ein Gesicht, in dem das Kauen die Falten durcheinanderwarf, die Backen beulte.

Und wieder sie: «Lore, die Schul. Meine Mutter sagt, ich wär jetzt ein Fall. Die könnten mich nicht mehr auf der Schul lassen.»

Alles in ihr war in Aufruhr, und da stand jemand vor ihr, aß in aller Ruhe, kaute, schluckte, stand da inmitten der Tiere, in dem Dunst der Tiere und dem Mist auf dem Boden, und auf einmal empfand Barbara das alles als einzige Erniedrigung. Erniedrigung nicht ihrerseits. Für die Frau dort, die Alte.

Empfand dieses Essen im Stall beinahe als unmenschlich. Ja konnte man denn sicher sein, daß die Gestalt dort in ihrem weiten, zerschlissenen Stallkittel jemals wieder einen menschlichen Laut von sich geben würde?

«Es ist bloß, weil, schau, Lore, ich, ich hab so was wie jetzt noch nie ...»

Sie brach ab, wischte sich eine regennasse Strähne aus der Stirn.

Und Lore, als sie sich dann über ein weiteres Brot hermachte, beiläufig: Ob ihr Opa Ulrich auch bloß Vorwürf im Maul habe. Der müßt's eigentlich doch besser wissen.

Der nicht. Aber das helfe auch nicht weiter. Das Schlimmste, ihr komme alles immer mehr wie ein Spinnennetz vor. «Erst Hausarrest. Dann Schläg. Dann war sie wieder gut. Hat geheult. Erst hat er mich angeschrien, mitten auf der Straße. Dann wieder hat er gejammert, no wern ma schaun.» Wenn er aufgeregt sei, ihr Vater, dann rede er halt sein Böhmisch.

Lore zog sich einen Melkschemel her, tat den Brotzeitteller auf die Knie, schaute die Tiere an, als hätte sie sie noch nie gesehen. Der Regen draußen schien jetzt nachzulassen, und man hörte es vom Dach tropfen, und die Spatzen wurden wieder lauter.

«Ja, Barbara Sedlatschek, verstehen willst alles.»

Lore begann sich auf dem einbeinigen Schemel hin und her zu wiegen, während sie redete, weiteraß.

Das Leben sei halt keine Rechenaufgab, wo man wisse, drei mal drei ist neun. So was wie ein Geheimnis sei das Leben, jawohl. Und da müsse eine schon ein bißchen vertrauensvoll hineingehen, in dieses Lebensgeheimnis. Wenn man die Kraft von diesem Geheimnis einmal ein bißchen gespürt habe, dann brauche man nicht gleich loszujammern, bloß weil's mal dunkler werde. «Wart halt ab, Barbara. Bleib bei dir selber und heul net los, weil die Menschen keine gläsernen Puppen sind.»

Die Alte verzehrte ihre Mahlzeit mit Bedacht, hielt sich

die ganze Zeit vornübergebeugt und auf dem Schemel in schwingender, wiegender Bewegung.

«Meinst wohl, das hat alles keinen Plan? Wart's ab und geh ein Stück weit rein in alles.»

Mit einemmal wollte sie der Alten sachte über den Rücken streichen. Aber es gelang ihr nur diese fahrige Bewegung, mit der sie Lore den Teller von den Knien nahm, fürsorglich aufs Fensterbrett stellte.

«Die Theresia hat ein Kälble. Schau dir's an.»

IX

Wer erzählt da? wird man fragen. Wer spricht sich hier eine Geschichte zurecht?

Jemand, der hingesehen, hingehört hat und der nun nicht will, daß die Geräusche und Stimmen und die Orte und Gegenstände und das Licht über allem vergessen werden; der nicht will, daß all das hineinstürzt ins Vergessen und in Vergangenheit.

Hier erzählt jemand, der nun berichten will vom Tag darauf, einem Samstag. Da hatte sich Frau Sedlatschek freigenommen für einen Einkaufsbummel in Neustadt zusammen mit ihrer Tochter. Sie half an solchen Tagen normalerweise im Erlhofener Supermarkt aus.

Im Zentrum von Neustadt gingen sie zuerst in die Parfümerie Lutz, wo sie angemeldet waren.

Barbara stand da in ihrer weiten, den Körper sackartig umschließenden Bluse. Angesichts dieser makellosen Schönheiten, die in der Parfümerie Lutz als Verkäuferinnen herumschwebten, fühlte sich Barbara sofort wieder schuldig.

Es hätte sein können, daß plötzlich abermals jenes Baumstumpfgefühl an ihr zu zerren begonnen hätte. Aber die Mutter scheuchte alles mit ihrer neuen Verschwörerstimme weg. Und auch die Kosmetikerin, die sogar noch ein bißchen älter zu sein schien als die Mutter, war nett. Das lenkte ab. Das half einem dann doch einigermaßen unverklemmt auf diesen Spezialstuhl hinauf, in dem man halb sitzen, halb liegen konnte. Und bald meinte Barbara auch, die Kosmetikerin nehme an ihrer Frauenverschwörung teil. Schon allein dieser Singsang, mit dem sie auf einen hinuntersprach. Schön.

Die Kosmetikerin begann rasch und geschickt Barbaras Gesicht zu verwandeln. Redete auch von ihrem, Barbaras, Typ mit selbstverständlicher Schmeichelei. Zeigte, wie Lidschatten zu machen, Wimpern zu tuschen seien.

Und nach und nach wirkte der Zauber, in den sie da wie träumend hineingesunken war, und Lores dunkle Sätze kamen ihr wieder in den Sinn.

War es denn nicht wahr? Wurde denn ihr Gesicht unter den fliegenden Händen dieser Frau nicht zu etwas, wie man es auf Plakaten, in Illustrierten sah?

Man mußte sich nur den Rest wegdenken. Die weißen Armwülste wegdenken. Den Körperklotz Barbara wegdenken.

Leise Musik sank einem von oben herab in die Ohren. Der Duft der Salben und Cremes füllte den Raum, und Barbara war es, als verzuckerten die wispernden Stimmen der Verkäuferinnenschönheiten, die irgendwo durch den Hintergrund geisterten, alles und jeden.

Sie sah im Spiegel die Kosmetikerin ganz kleine, flinke Bewegungen auf ihr Gesicht hintupfen. Leicht, dachte sie, so leicht alles.

Plötzlich drängte es sie, die Hand auszustrecken und sanft den Arm der Mutter zu berühren, die neben ihr gleichfalls in einem Stuhl lag, dort eine ähnliche Verwandlungsgeschichte über sich ergehen ließ.

Die Mutter lächelte.

Schaute herüber.

Da wußte Barbara, ja, natürlich, es war doch richtig gewesen. Jetzt käme es nur darauf an, mit der Schule irgendwie klarzukommen. Auch die Geldsache für Jack in Ordnung zu bringen.

Und die Schläge? Und die Drohung mit dem Internat? Mit einemmal war das alles belanglos, etwas, das man leicht wegschieben konnte, in die Vergangenheit davonflattern lassen konnte.

Vor Hoffnung, Zuversicht und, ja, auch so etwas wie Liebe, preßte sie den Arm der Mutter.

Als sie Lutz verlassen hatten, hakten sie sich draußen unter und trugen ihre gute Laune durch die glasige Luft spazieren.

Man sah einen Buben an der Hand eines alten Mannes aus einem Geschäft kommen. Er stülpte sein Mopsgesichtchen über eine Eistüte.

Beschwingt genoß Barbara das sommerliche Treiben um sich her, das flirrende Licht und die Farben der buntgekleideten Menschen.

Das habe man der alten Frau Kossak zu danken, sagte die Mutter, nachdem man ein Stück weit gegangen war.

«Was?»

«Daß man uns heute morgen drangenommen hat.»

«Wieso?»

Sie sei bei Lutz Stammkundin gewesen. «Manchmal hat

sie mich mitgenommen. Das haben die Leute nicht vergessen.»

Barbara wußte, daß die Großeltern von Kossaks immer sehr gefördert worden waren. Das mußte in der Zeit gewesen sein, da der Großvater die Landwirtschaft schon aufgegeben und sein Grundstück an die Kossaksche Fabrik für Fahrradzubehör verkauft hatte und dann bei Kossaks Gärtner, Hausmeister und Fahrer geworden war.

Großmutter hatte im Haushalt ausgeholfen, und Frau Direktor Kossak hatte wohl auch viel für die Erziehung und Ausbildung von Mutter getan, wie sie immer erzählte. Eine Zeitlang hatte man sie sogar in ein österreichisches Internat geschickt.

An einer Imbißstube sah Barbara einen jungen Mann eine Wurst entgegennehmen. Sie ragte aus einem länglichen Brötchen heraus. Der Bauch des Mannes wirkte unter seinem Polohemd wie aufgeblasen. Man konnte die ins Fett eingekerbte Grube des Nabels sehen.

Barbara entsann sich jetzt, es war auch immer der Wunsch der Mutter gewesen, Kinderärztin zu werden. Aus irgendeinem Grunde war aber dann nichts daraus geworden.

Als Fahrer bei Kossaks mußte der Großvater auch viel herumgekommen sein. Aber diese «schönste Zeit meines Lebens», wie die Mutter immer schwärmte, hatte wohl nicht mehr als drei oder vier Jahre gedauert. Dann übernahm ein Verwandter von Direktor Kossak die Fabrik. Kossaks zogen in die Schweiz, wo die Frau nach dem Tode ihres Mannes wohl heute noch in einem Altersheim lebte. Gedanken wie Fahnen im Sommerwind. Und Barbara meinte, schon in dieser Kossak-Vergangenheit wäre ihr gleichsam eine Rolle zugedacht worden. Habe man über sie entschieden.

«Ich möcht, daß du in Zukunft ein bißchen damenhafter wirst.» Wie man sich richtig schminkte, das wisse sie ja jetzt. Für den Alltag nur ganz vorsichtig. Für die Schule nur angedeutet.

«Ja.»

Sie sei praktisch aus allem raus. Aber damenhaft sein fange bei der Wäsche an.

Rausgewachsen?

Sie wußte, die Mutter meinte, sie habe wieder Gewicht angesetzt, zugenommen, habe sich wieder aufgebläht zu neuer Dicke.

Hinterher hat sich Barbara eingeredet, sie habe sich getäuscht. Oft genug hat sie sich gesagt, dieser Einkaufsbummel am Samstagvormittag habe sie auch irgendwie durcheinandergebracht. Verwirrt, nach allem, was gewesen ist.

Frau Sedlatschek hatte ihre Sonnenbrille aufgesetzt und kam Barbara nun wirklich sehr gutaussehend vor.

Sie wollten (eine Uhr über einem Uhrengeschäft zeigte zehn und das Datum 5. Juli), sie wollten also die Einkaufsstraße an der Ampel dort überqueren. Da rollte ein eleganter beiger Wagen heran, dessen Marke Barbara nicht kannte.

Er mußte stoppen, und auch Frau Sedlatschek und Barbara mußten an der Ampel stehenbleiben. Und erst, als sie sah, wie sich ein Gesicht zur Windschutzscheibe beugte, wurde Barbara gewahr, der Mann blickte zu ihnen herüber.

Die Autos fuhren an. Grün.

Man sah den Mann die Scheibe herunterkurbeln, und im langsamen Vorbeifahren muß er ihnen wohl etwas zugerufen haben, was Barbara jedoch nicht verstand. Einer dieser uralten Traktoren folgte dem Beigen und schob Lärm über ihn hinweg.

«Wer war 'n das?»

«Wo?»

«Na, in dem Auto da ...»

«Ach ja? Muß wohl der Mann einer Kollegin gewesen sein.»

«Der hat uns aber angestarrt.»

Sie habe er angestarrt. «Jetzt siehst ja ein bißchen aus wie die Liz Taylor.»

«Wie wer?»

Eine Schauspielerin. Auch so ein wenig eine volle Figur. Heute sehe man sie weniger. Nur wenn mal im Fernsehen einer dieser alten Filme käme.

«Ich?! Wirklich?»

«Schon ein bißchen. Ehrlich. Schau mal.»

Sie waren stehengeblieben. Barbara spürte die Hände der Mutter im Haar und wie sie ihr Strähnen zu Wellen bündelte, ums Gesicht legte. Sie solle in ihre Brillengläser schauen.

Tatsächlich. Es stimmte.

Da wünschte sie sich, Jack könne sie jetzt so sehen, aber der Gedanke verflog sofort wieder, weil sie im Gesicht der Mutter einen sonderbar bitteren Ausdruck zu sehen meinte.

Und mitten auf der Neustädter Einkaufsstraße, da nahm Barbara den Kopf von Frau Sedlatschek in ihre Hände, drückte ihr einen Kuß auf die Wange.

«Nein, ihr schickt mich nicht weg», flüsterte es aus ihr heraus. Nicht ins Internat. Nein Muttel, ja? Bitte! Sie haue auch nicht mehr ab. Sie verspreche es. Sie wolle sich in der Schule anstrengen. «Du bist lieb, Muttel.»

Muttel, manchmal nannte sie sie so.

Und mitten aus dieser schmerzenden Hoffnung heraus:

Sprüche vom Sparen

Sparen ist keine große Geschichte …

… es ist eine alte, für manche sogar eine dumme Geschichte, jedenfalls kaum eine spannende, oft eine langwierige, am Ende aber meist doch eine schöne Geschichte.

Wie auch immer: Sparen hat schon oft Geschichte gemacht, und mehr noch: Es macht auch Zukunft.

Ob sie drüben, vom Telefonhäuschen aus, ihn anrufen dürfe?

Sie mußte dann mehrmals wählen, um überhaupt ins Telefonnetz der Amerikaner hineinzukommen.

Die Rede sein müßte auch davon, daß sie wenig später in ein Miedergeschäft gegangen sind. Barbara saß auf einem Hocker in einer der Kabinen. Geplätscher von Frauenstimmen hinter dem Vorhang. Von nebenan das Rascheln und Wispern von Kleidern. Dann wieder irgendwo Frau Sedlatscheks Stimme, die nach Größe und Qualität fragte. Und Barbaras Gedanken sprangen zurück.

Wo denn das Geld bleibe?

Wirklich, er brauche es jetzt. Müsse den Wagen anzahlen. Und das sei doch verabredet gewesen.

Oder nicht?

Also bitte?!

Jacks Stimme hatte am Telefon einen Klang gehabt, den sie an ihm nicht kannte.

Am Englischen konnte es nicht gelegen haben. Sie hatte gut verstanden. Aber er hatte doch beinahe so etwas wie drohend gewirkt, auch kurz darauf eingehängt. Als sie die Telefonzelle verlassen hatte, trug ihre gute Stimmung nicht mehr, brach sie wieder ein. Du bist, sagte sie sich, ein siebzehn Jahre alter Fleischkoloß. Ein Baumstumpf mit Beinen und Gesicht.

Wartend, im Dämmer der Kabine einem mild beleuchteten Spiegel gegenübersitzend, den Oberkörper unbekleidet, setzte Barbara ihre Kopfgespräche, ihre Selbstbezichtigungen fort.

Schau dich an. Schau dich doch an, sagte sie sich. Die Jeans platzen. Fettfalten am Bauch. Wie käsweiß du bist. Ein Engerling. Du bist so weiß und fett wie ein Engerling.

Klar doch, richtig so, wer so aussieht wie du, der braucht sich wirklich nicht zu wundern, wenn die Leute am Telefon mit ihm so reden.

Barbara kramte eine lindgrüne Dose aus der Kosmetik-Lutz-Tüte, hielt sie in die Haarpolster unter ihren Armen hinein.

Das Sprühen zog Gänsehaut über ihren Körper, und sie fühlte, wie sich die dunklen Kreise auf ihrem Busen riffelten.

Wenn sie da wenigstens ganz normal gewesen wäre, schimpfte sie sich weiter. Nicht dieses Gewölbte. Diese Schwere. Die an einem hing. Zerrte. Einen hinunterzog, immer und immer wieder, in die Menschenhäßlichkeit, ins Tonnenhafte, in dieses hinterhältig und plötzlich in einem hochkommende Baumstumpfgefühl.

Doch da flüsterte Lores Stimme gegen ihren Ekel an, gegen ihre Abscheu vor dem Fleisch dort, dem hängenden, schwellenden Hautgewoge dort im Spiegel: Sie solle nicht glauben, daß nur diese grashalmdürren Modeaffen die schönsten Weibsleut der Welt wären … in 'ne Wies hineinschauen, in 'nen blühenden Obstbaum reinschauen, Barbara Sedlatschek.

Als die Mutter sie kurz darauf anherrschte, sie solle diese beiden Halter jetzt noch mal probieren, den in Haut und den schwarzen, zerbiß und zersaugte Barbara schon ihre Lippen, konnte ein Weinen nur mühsam klein und lautlos halten.

Frau Sedlatschek, wütend geworden, begann jetzt an ihrer Haut zu zerren. Kniff an Schultern und Busen, wollte 's passend haben, dünner und schmaler, und ein verschüchterter Blick sagte Barbara, jetzt brodelt in ihrem Gesicht wieder Zorn. Jetzt hat sie wieder diesen Badezimmerglanz in den Augen.

Man könne nicht wieder gehen, ohne gekauft zu haben. «Der Schwarze wird genommen, auch wenn er 'ne Spur zu knapp sitzt.»

Sie suchten in ganz Neustadt.

Sie gingen in ein Geschäft. Sie gingen in ein zweites Geschäft.

Im ersten hatte man überhaupt nichts an Sommerkleidern. In Barbaras Größe.

Im zweiten dann nur Jersey. Blau und weinrot.

Darin sehe sie aus wie eine Leberwurst. Barbara war's, die das sagte.

«Zu aufreizend», erhielt sie als barsche Antwort.

Man hätte glauben können, Frau Sedlatschek und Barbara, die Mutter und die Tochter, die Tochter und die Mutter, verkrallten sich jetzt förmlich miteinander.

Im dritten Geschäft, dem letzten, das noch in Frage kam, schützte und strafte jeder sich und den anderen nur noch mit verkrampftem Schweigen.

Ein, zwei Kleider streifte Barbara voll Angst in den Kabinen noch über. Höhnisch klaffende Reißverschlüsse. Anklagende Zugfalten von Knopf zu Knopf. Sich gegen Oberweite und Rückenbreite wütend wehrende Oberteile. Eine Anprobierkatastrophe nach der anderen.

Irgendwann dann packte Frau Sedlatschek ihre Tochter am Handgelenk, zog sie hinüber zu den Blusen. Als könnte das eine Rettung sein. Man entschied sich rasch und beinahe blindlings für irgendwas Zitronengelbes mit weit fallenden

Ärmeln. Und für ein T-Shirt, dunkelgrün, mit weißem Vogel vorne drauf. Barbara wollte sich einreden, es wäre eine fliegende Taube.

Was geschah danach? Welchen Verlauf nahmen die Dinge nun?

Sollte man nicht auch fragen, ob die Geschichte nicht etwa auf der Stelle trat, gar hinterhältig Atem holte, für das, was kommen sollte?

Man befand sich im Café *Blaumich*, und ihre Bestellung kam. Wie erlöst schlugen sie die Gabeln in die Tortenkeile. Häufelten Sahne. Sogen den Kaffee ein. Machten den Gaumen zufrieden. Streichelten die Zunge mit bittersüßem Geschmack.

Und Barbara war, als käme es nunmehr nur darauf an, brav und tapfer zu essen, rasch zu essen, wie man das früher als Kind getan hatte, worauf man dann auch prompt gelobt wurde.

Nach einer Weile kam die Hand ihrer Mutter über den Tisch.

Sie sei mit den Nerven völlig runter. «Man sieht es mir vielleicht nicht an, Barbi, aber Tatsache.» Und sie, ihre Tochter, sei ja wohl nicht ganz unschuldig daran.

Sie hab's doch versprochen. Sie wolle ja jetzt ... Beteuerungen. Worte, abgebrochene Sätze, die erklären sollten, wie ernst es ihr war.

«Schon gut.»

Dann ließ Frau Sedlatschek Eis kommen. Dann fing sie an, und nach und nach überzog sich die Stimme der Mutter wieder mit jenem neuen Verschwörertonfall, diesem Gemeinsamkeitstonfall, wie es ihn in früheren Zeiten nie gegeben hatte. Und es kam Barbara vor, als spräche sie auch beinahe ein wenig zu sich selber. Halblaut und über die Eiskugeln hinweg, die man kleinschabte.

Vom Vater redete die Mutter und was sie mit ihm ausgestanden habe, «während du bei deinem Jack warst». So sei's ja nun wirklich nicht, daß sie das alles überhaupt nicht kapiere.

Und nach einer Pause, in der jeder sein Eislöffelchen arbeiten ließ: «Du hast ... Du hast mit ihm ...»

Das blieb halb angefangen über Tisch und Tassen hängen, verschwand dann im allgemeinen Stimmengewirr. Barbaras fahrige Handbewegung in die Luft des Cafés hinein reichte der Mutter. Was hätte Barbara auch sagen sollen?

Sie werde mit Dr. Schoch reden, gab die Mutter schließlich zur Antwort, ihn bitten, ihr Pillen zu geben.

Jetzt ist der Augenblick da, schoß es ihr durch den Kopf. Und dann die Verwunderung, weil aus dem Gesicht der Mutter nicht gleich wieder Zorn sprang, Augen und Lippen nicht abweisend hart wurden. Natürlich, das sei besser, als wenn sie wieder wegrenne. Wieder weg sei. Wochenlang. Dem Vater werde sie das schon beibringen. «Dein Jack soll uns ruhig besuchen kommen. Warum nicht.» Da wollte ihr Barbara am liebsten um den Hals fallen, fragte statt dessen nach einem Taschentuch, tupfte sich die Nase: «Bin ich verschmiert?»

Zwei Frauen. Die eine ein bißchen älter, die andere ein bißchen jünger. Sie neigten die Köpfe, blickten beide in ihr Eis und sahen es doch nicht. Sahen vielleicht statt dessen seit langem wieder die andere. Und hörten hin. Hinein in die andere. Und lange verfolgte Barbara, was die Frau dort, die ja ihre Mutter war, erzählte und wie sie schließlich sagte, wie habe sie ihn doch gebeten, seinen Landsmannschaftsrummel mal endlich sein zu lassen. Mit so was mache er sich doch nur lächerlich.

«Diese klägliche *Sudetenpost.*» Und er benehme sich wie der Chef einer Weltillustrierten.

All das war Barbara ja nun wirklich nicht neu, war in der Familie oft besprochen, viel beredet. Hier und an diesem Samstag aber meinte sie doch, einen irgendwie anderen Sinn hinter allem zu erkennen.

Frau Kossak, die sich ihrer so sehr angenommen habe, damals, in den Jahren. Aber es sei dann ja alles anders gekommen. Plötzlich sei diese Welt für sie zusammengebrochen. Was hätte sie alles lernen wollen! Schinden hätte sie sich wollen, damit sie herausfände aus der bäuerlichen Umgebung. Kinderärztin, ja. «Weißt du, die Großmutter war eben ganz anders.» Da habe sie dann halt die höhere Schule abgebrochen, sei halt nicht mehr Fahrschülerin gewesen.

Später habe sie dann eben gehofft, sie könne mit Vater wieder ein wenig hineinfinden in all das. In so ein Leben. Auch in so ein Leben. Aber als sie dann den Viki unterm Herzen getragen habe, sei's auch damit aus gewesen. «Als wir nicht gewußt haben, wo du steckst, da habe ich das alles wieder so deutlich vor mir gesehen.»

Und nach einer Pause, in der die Mutter, wie Barbara meinte, in Gedanken etwas zu verknüpfen schien, hob sie den Blick, lächelte zu ihr herüber.

O ja, er solle nur auf Besuch kommen. «Es ist besser so. Ich möchte ihn auch kennenlernen.»

Ganz gewiß, von außen betrachtet, hätte man das, was folgte, für eine Form der Hinterhältigkeit halten können. Ohne Zweifel.

Ihr jedoch schien es ganz eng mit dem zusammenzuhängen, was ihre Mutter da soeben erzählt hatte.

Als Frau Sedlatschek sich erhob, zur Toilette ging, durchwühlte Barbara rasch die Handtasche der Mutter. Sie fand, was sie suchte.

Sie faltete die vier Schecks, die sie aus dem Geldbeutel der Mutter genommen hatte, schob sie, zusammen mit der gleichfalls entwendeten Scheckkarte, in die Tasche ihrer Hose.

«Darf ich mir noch 'ne Platte kaufen?» fragte sie, als sie das Café verlassen hatten.

Auch Frau Sedlatschek gefiel das Tom-Jones-Lied, das sie dann in dem Plattengeschäft abhörten.

So viel Englisch verstehe sie auch. Da komme einer heim und betrachte die grünen Wiesen seiner Heimat. So ähnlich doch?

Abermals hat ihr Barbara einen Kuß auf die Wange gedrückt.

Frau Sedlatschek nahm für sich eine Operettenplatte. «Das hat Frau Kossak sehr geliebt, Operetten.»

X

Am späten Nachmittag dann sinkt sie müde in diesen müd gewordenen Tag hinein. Unten, am geöffneten Fenster ihres Zimmers stehend, läßt sie die Augen sanft spazierengehen. Das Dorf. Drüben die Kirche. Gleich wird die Glocke sechs schlagen, denkt sie. Hier gehörst du doch hin. Hier ist dein Zuhause, sagt sie sich. Von hier aus muß alles weitergehen. Von hier aus kann ich vielleicht das schaffen, was ich mir denke. Ein anderes Leben. Ein irgendwie anderes Leben.

Sie sieht die gegen den Himmel gestellten roten Flächen der Dächer. Kobers Haus. Weißflohs Haus. Jottas Neubau. Haubners Scheune. Links davon das «Hochhaus», das fünfstöckige Büro von Kossaks Fabrik.

Jetzt hört sie Kobers Hund bellen, und der von Weißfloh gibt Antwort. Ein Fernseher lärmt irgendwo. Fußball. Verkehrsdurchsagen von Bayern-Drei. Und der Singsang jetzt? Kinder zählen auf der Straße den Sucher fürs Versteckspiel aus.

Vaters Schreibmaschine setzt ein und macht sich über Artikel für die *Sudetenpost* her. Wie meist an Samstagnachmittagen. Paßt es nicht zu allem, fragt sie sich. Gehört es nicht irgendwie dazu, dieses Schreibmaschinentickern?

Natürlich, es ist Barbaras Geschichte, wer wollte es bestreiten. Aber könnte es nicht gleichzeitig auch die Geschichte eines Vaters, einer Mutter, auch eines Großvaters sein?

Eines Vaters zum Beispiel, dessen Leben in seinem Flüchtlingsverband ja stets, wie Barbara nicht unbekannt war, neben dem Leben der Familie herlief? Wäre es nach ihm gegangen, hätte sie im Chor oder in der Volkstanzgruppe dort mitmachen sollen. Aber bei den wenigen Malen, da sie mitging, vor allen Dingen auch bei dem dann rasch gescheiterten Versuch, im Sopran zu singen, muß ihr ja aufgefallen sein, wie geachtet und beliebt ihr Vater dort war. Unter seinen Landsleuten, bei denen auch die Erinnerung an die Großmutter Sedlatschek, die die Flucht doch nur wenige Jahre überlebt hatte, wach und lebendig war.

Man könnte auch die Geschichte von Barbaras Vater erzählen, natürlich.

So. Barbara stand also am Fenster ihres Zimmers an diesem Samstagnachmittag und hätte dann die Zeit gern ein bißchen angehalten. Tatsächlich schlug die Glocke sechs, und Barbara hat noch einmal überlegt, ob Schecks und Karte, die sie, gleich nachdem sie nach Hause gekommen waren, im Schrank unter ihrer Wäsche versteckt hat, auch sicher wären.

Schon so was wie ein schlechtes Gewissen. Natürlich. Daß sie so was machte und dann keine Schuldgefühle hätte, nein, das würde sie wohl nie fertigbringen.

Aber, hat sie sich gesagt, schlechtes Gewissen hin oder her, ich mußte das halt machen. Für ihn. Für mich. Für uns beide.

Auch für das, dachte sie dann, daß er nie gelacht hatte, einen nie ausgelacht hatte. Einen nie verspottet hatte, mit wortlosen Gesten. Keine Bemerkungen darüber gemacht hatte, wie man aussah. Daß man nicht so eine Federleichte, eine Schmale war.

Nach einer Weile glaubte sie, des Großvaters Uralt-Mercedes sich nähern zu hören.

Samstagnachmittag war für den alten Weißkopf der wichtigste Tag der Woche. Da machte er bei seinen Kunden in den Dörfern der Umgebung mit Honig und Gewürzen den besten Schnitt. Da gerieten, wie er immer erzählte, seine Stammkunden oft schon in gute Laune, wenn er nur mit seinem Wagen am Gartenzaun vorfuhr und dann die Hupe krächzen ließ. «Der Wagen und die Hupe sind mein Markenzeichen!»

Es war aber ein anderes Auto, das ein Stück weit den Chrysanthemenweg heraufgefahren und dann irgendwo stehengeblieben sein mußte.

Nachdem Barbara eine Zeitlang vom Fenster aus zugehört hatte, wie der Samstag allmählich ausatmete, bog Georg Rösch mit seinem Moped ins Nachbargrundstück ein.

Die anderen in seinem Alter röhrten meist auf diesen Geländemotorrädern mit breiten Lenkern und abstehenden Schutzblechen herum. Er aber fuhr ein katzenhaft schnurrendes Moped, worüber sich Barbara schon oft gewundert hatte.

Sie lehnte im Fenster und wußte, daß man vom Nachbargarten aus sie nur obenrum und ihr neu geschminktes Gesicht sehen konnte, und man hätte vielleicht meinen können, sie wäre fast eine dieser Gutgebauten in einer der Illustrierten.

«He, Georg, warst mit deinem Flieger weg?»

Sie war guter Laune, und sie hoffte ein bißchen, er würde etwas über ihr neues Make-up sagen, und dann machte es ihr auch Spaß, sich weit aus dem Fenster zu legen, mit den verschränkten Armen ihren Busen zur Geltung zu bringen und im übrigen ein wenig sexy zu tun.

«Hallo, Barbara.»

Seit sie ihn kannte, sprach er nur in diesem gedämpften Ton. Statt etwas über ihr neues Gesicht zu sagen, lächelte er nur, und das Lächeln Fidi Eisenbrands fiel ihr ein, als er die Zigarettenkippe über den Motor seines roten Traktors hinweggeworfen hatte.

Sie hatte die stille Art Georgs eigentlich immer gemocht, wie ihr jetzt bewußt wurde.

Georg stellte das Moped neben der Tür zu seinem Bastelraum ab, der zum Garten hin im Souterrain lag. Dann machte er sich an dem grünen Holzkasten auf dem Gepäckträger zu schaffen, in dem er wohl Werkzeug und Bastelkram transportierte. Seitlich am Gepäckträger sah sie schlank und zerbrechlich aus einer Halterung Flügel und Schwanz eines seiner Flugmodelle emporragen.

«Ist er schön geflogen, dein Flieger?»

Seine Modelle flögen alle gut. Er sei heute mit seinem ferngesteuerten Zirrus einem kreisenden Habichtpaar nach.

Warum fragt er nicht. Er muß es doch wissen. Genauso wie es alle im Chrysanthemenweg wußten, dachte sie. Genauso wie der halbe Ort. Warum fragt er nicht, wo ich in der letzten Zeit gewesen bin?

Er schnallte den grünen Werkzeugkasten vom Moped, brachte ihn mit Flügeln und Schwanz herüber zum Zaun.

Die tiefstehende Sonne blitzte auf dem Kasten in Georgs Hand. Barbara mußte unwillkürlich an jene Stahlkassette oben im Gartenhaus denken. Was Georg dort drin hatte, konnte man ungefähr erraten, wenn man schon einmal Leute beobachtet hatte, die draußen, irgendwo in der Landschaft, ihre Modelle steigen ließen. Aber der Stahlkasten des Großvaters?!

Mit zwei Flaschen Bier kam Georg aus seinem Bastelraum, langte sich aus seinem Werkzeug eine Zange, knipste das Bier auf und hockte sich auf seinen Kasten.

Die erste halbe Flasche schüttete er beinahe auf einen Zug in sich hinunter, sie mußte an die Freunde von Jack denken, die das auch fertigbrachten, einfach das Bier in sich hineinlaufen zu lassen.

Dann sprachen Barbara und Georg ein bißchen miteinander, und nach einer Weile wußte sie, daß er wahrscheinlich seine Lehrstelle als Maschinenschlosser bei Kordeuter verlieren würde.

«Wenn ich so weitermache. Weil, ich schlucke halt zuviel.» Einen Lehrling, der praktisch dauernd im Tran sei, hätten die noch nie gehabt. Aber das sehe nur so aus. In Wirklichkeit sei er stocknüchtern.

Barbara sah ihn jetzt wieder vor sich, wie er aus dem Wirtshaus gekommen war und ein spöttisches Gesicht ihm etwas vom Kaputtsaufen nachgeschrien hatte.

Maschinenschlosser, na ja, er werde dann halt Maschinenschlosser.

Man hätte glauben können, es sei für ihn der Inbegriff des Schwerfälligen, Plumpen, Groben, Grobschlächtigen, so sprach er dieses Wort immer wieder aus.

«Das ist was!»

Er hatte die Haube des Flugmodells aufgemacht, zeigte ins Innere, wo, wie Barbara vermutete, die Fernsteuerung saß.

Elektronik, das sei etwas. Das sei so was wie Gehirnströme. Davon verstehe er wirklich was.

Die Bierflasche war vor seinem Gesicht, kippte. Dann: Dem Eisenbrand zum Beispiel, dem habe er seinen Sprechfunk in den Bulldog reinoperiert, da hätten die bei Kordeuter nur so das Maul aufgerissen.

Daß er gern eine Schule für Elektronik gemacht hätte, erzählte er dann, daß aber «der Rösch», sein Vater, getobt habe, wie er mit dem Plan dahergekommen sei. Er hätte halt wegmüssen aus Erlhofen. Und Geld hätt's auch gekostet.

«Wenn die mich tatsächlich rausschmeißen bei Kordeuter», da hole der Rösch den Kälberstrick und prügle ihn damit wahrscheinlich wieder nach Rüderstreu hinüber.

Im selben Ton, mit klein und dumpf gestellter Stimme, so, wie er immer geredet hat: «Hast 'nen Freund jetzt, Barbara, gell?»

«Hmmm.»

«'n Soldat bei den Amerikanern.»

Benützte nicht Georg beinahe die gleichen Worte wie Lore?

«Ich find's gut. Ich find das saugut, daß du mal abgehauen bist. Obwohl die jetzt alle weiß Gott wie 's Maul aufreißen.» Raus müsse man. Weg aus dem Kaff. Hier verrosteten einem bloß die Gehirnströme. «Ich sag's dir.»

Eigenartig. Die Sache, die dann folgte, war etwas, was Barbara nicht im mindesten erstaunte. Ja, sie meinte, man hätte es fast mit dem vergleichen können, was sie im Café *Blaumich* vor wenigen Stunden getan hatte.

Georg zog aus seiner Handwerkskiste etwas heraus. Dann bückte er sich, und sie sah jetzt, wie er unter dem Flügel des Flugmodells solche Handbewegungen machte, wie man sie bei Leuten sehen kann, die Zigaretten mit Streichhölzern anzünden.

Im Nu.

Das Flugmodell stand im Nu in Flammen.

«Besser als heut fliegt er nimmer, der Zirrus.» Georg trat von dem hell und hoch aus den Spanten und Streben schlagenden Feuer einen Schritt zurück. Ein Kästchen, aus dem Drähte heraushingen, in der Hand. Die Fernsteuerung wohl.

Täuschte sie sich, oder lachte er tatsächlich irgendwie glucksend in sich hinein? Aber das konnte ebensogut nur das Blubbern einer Gießkanne sein, die in einem der angrenzenden Gärten soeben mit Wasser gefüllt wurde.

«Das ist der Lohn dafür, daß er so gut den Habichten nach ist.»

Georg starrte in die Flammen.

Sie hat jetzt doch ein komisches Gefühl gehabt bei alldem. Und als sie den alten Rösch aus dem Haus poltern hörte, der dann drohend auf Georg zustürzte, ist sie vom Feuer weg.

Oben im Wohnzimmer hat sie sich sofort vor die Hitparade im Fernsehen gehockt. Sie hat jetzt nicht denken wollen. Über das da draußen nachdenken wollen. Hat nur so ein dumpfes, schmerzhaftes Gefühl in sich gehabt, das sich dann, schon nach wenigen Minuten vor dem Bildschirm mit seinen so schönen, singenden Menschen, verwandelt hat in ihr Baumstumpfempfinden. Die Arme um die Knie geschlungen, im Gedächtnis noch das Leichte, Filigrane, das draußen die Flammen gefressen hatten, so hat sie in die Hitparade hineingestarrt und wäre vor lauter Schwere unfähig gewesen, sich vom Teppich zu erheben.

XI

In der darauffolgenden Nacht holte sie der Wecker, sie hatte ihn auf zwei Uhr gestellt, sofort aus dem Schlaf.

Oben im Flur dann, den sie im Dunkeln entlangtappte, der Duft nach Gewürzen und Zigarrenrauch, und sie wußte, Großvaters Jägerjoppe hing da. Der Parfumgeruch mußte von der Strickjacke der Mutter kommen.

Der Kühlschrank in der Küche setzte ein, sie erschrak; erst im Wohnzimmer, hinter zugemachter Tür, knipste sie vorsichtig Licht an.

Im Schränkchen in der Bücherwand, wie immer, des Vaters säuberliche Ordnung. In der oberen kleinen Schublade fand sie ein schmales Bündel Geld, von einer Büroklammer zusammengehalten.

Darunter die Sparbücher der Familie, und sie nahm ihres und legte die zwei Hunderter hinein, die sie zuvor aus dem Bündel gelöst hatte.

Jetzt hört man draußen im Flur eine Tür. Schritte. Stille, die Spülung im Bad. Wieder Schritte.

Dann steht sie im finsteren Flur. Nur kein Geräusch jetzt, sagt sie sich. Nur keinen Lärm.

Sie krallt die Hand in die Joppe des Großvaters. Mit der anderen preßt sie das Sparbuch an sich.

Gewürzduft.

Parfum aus der Strickjacke.

Der Kühlschrank hört auf zu summen und klappert noch einmal schnatternd nach.

Sie beginnt zu frieren. Gedanken jagen durch ihren Kopf, und sie weiß nicht, ob sie sie zittern lassen oder ob es die Kälte ist, die ihr vom Boden die Beine hochkriecht.

Lange danach würde sie sich einmal fragen, ob sie nicht doch besser entschlossen und rasch hätte zur Tür sollen und hinunter in ihr Zimmer. Wieder hinunter.

Jedenfalls hatte sie plötzlich Stimmen aus dem Schlafzimmer dringen gehört. In den Geräuschen, die danach folgten, hätte sie sie fast nicht erkannt. Die eine war ihr wie die eines Kindes erschienen, die andere wie die eines Menschen, der Befehle erteilt. Abwechselnd war die Befehlsstimme zu vernehmen gewesen und dann wieder die Kinderstimme, die immer winziger und verquälter wurde. Schließlich erfolgte dann etwas, was wie das Auffliegen von schweren Vögeln klang. Kurz darauf wurde die Kinderstimme aufgefordert, diese gewissen Wörter immer wieder herzusagen. Als dann dieser entsetzliche Menschenlärm dort drinnen immer lauter wurde, ließ Barbara schließlich die Joppe des Großvaters fahren und stürzte zitternd in ihr Zimmer hinunter. Viertel nach zwei. Die Glocke der Kirche schlug durch die Nacht.

Unten geht sie rüber in die Vorratskammer. Achtet nun auch nicht mehr, ob sie Lärm macht, jemand sie hören könnte. Als ihr bewußt wird, sie preßt Sparbuch und Geld ja immer noch an sich, schiebt sie es kurzerhand zwischen das Eingemachte hinein.

Eines der Gläser nimmt sie mit rüber, dazu auch Wein. Sie handelt jetzt, ohne auch nur im geringsten zu denken. Man könnte meinen, die Minuten oben im Flur hätten sie betäubt. Hätten in ihr etwas ausgelöst, das keinen Gedanken mehr zuließ.

Sie macht das Zeug auf. Versucht aus der Flasche zu trinken. Zuerst mit den Fingern ins Eingemachte, so füllt sie sich, am Schreibtisch sitzend, den Mund. Dann kramt sie doch einen Löffel aus der Schrankschublade.

Kirschen.

Aber das spielt keine Rolle, was sie da ißt. Nur aufhören soll diese Schreckensbetäubung nicht.

Schnell schlucken. In sich hineinschlingen. Damit man nicht denken muß. Damit das alles zugedeckt wird, begraben wird, irgendwo dort in der Dunkelheit. Die klebrige Süße in sich hinuntersaugen, sich damit vollmachen, sich damit innen dick und schwer und voll machen.

Und trinken.

Spüren, wie der Wein vom Bauch aus warm in die Arme, in die Beine kriecht. Sie schwer macht. Sie so wunderschön schwer macht.

Alles geschieht jetzt ohne ihr Zutun. Ist ein dunkler Zwang, der sie essen und schlingen und Wein in sich hineinschütten läßt.

Nach einer Weile hört sie jemand über Löffelklirren und Schmatzen hinweg flüstern. Bis ihr klar wird, daß sie es ist, die da immer wieder dieselben Worte hervorstößt.

Gedankenfetzen drehen sich in ihrem Kopf, unscharfe Bilder. Das Gesicht Georg Röschs unter einer hochgekippten Bierflasche und das Gefühl, daß sie ihn jetzt erst richtig versteht. Und auch die Flammen aus dem Flugzeug.

Schließlich torkelt sie durchs Zimmer, zerrt die Kopfhörer heraus, drückt auf die Knöpfe der Anlage. Ihr Nachthemd ist fleckig von Wein und Kirschsaft. Sie achtet nicht darauf.

Was sie jetzt will, das ist ihr Song. Er soll ihr den Kopf füllen, damit kein einziger Gedanke mehr Platz hat.

Im Bett hockend, macht sie sich zur Menschenkugel, zieht die Beine an den Körper, klammert die Knie mit den Armen fest. Barbara, der Menschenbaumstumpf.

Sie kennt die Töne auswendig, die Worte, hat sich ja deutsche Reime dazugemacht.

«Das alte Heimatdorf sieht aus wie eh und je,

als ich vom Bahnhof heimwärts geh.

Und wer dort kommt, das ist mein Vater, meine Mutter …

O ja, es ist schön, das grüne, grüne Gras der Heimat wiederzusehn …»

Das löscht, übertönt, macht blind und taub. Und wenn überhaupt einmal ein Gedanke deutlich wird, dann ist es die Erinnerung an Lore: Schau die Bäum an, Barbara Sedlatschek, können die fort, wenn sie der Wind packt? Schau die Wolken an.

Schließlich kauert sie, die Kopfhörer als dunkle Beulen an den Ohren, im Bett. Und wie sie hin und her schaukelt mit ihrem Körper, sich mit diesem Wiegen und Schwingen stumpf macht. Weil da plötzlich etwas schwarz und drohend hinter zwei Menschen aufgetaucht ist, das einem Angst macht.

XII

Im Osten, dort, wo, von Erlhofen aus gesehen, Bürg lag mit Barbara Sedlatscheks Schule und weiter rechts auch Neustadt, wo sie mit der Mutter diesen schönen und dann wieder auch erschreckenden Samstagvormittag verbracht hatte, im Osten also hätte man nun sacht und sanft die Morgendämmerung heraufkommen sehen können. Und im Westen die Wolkenbank, die sich über die Berge schob. An den Rändern grau. Natürlich wären jetzt auch allmählich die Vögel zu hören, und oben im Bienenland würde es in den Stöcken allmählich lebendig werden. Eine gute Weile würde es nach einem Morgengewitter aussehen. Und in Röschs Garten, wo auf Georgs Moped Tau glänzte, hätte man den ersten Windstoß von der Rhön herunter schwarze Papierfetzen davonblasen sehen können. Die Tiere oben im Eisenbrandhof würden wohl unruhig werden, und einmal würde in Lores Zimmer Licht angehen und dann auch im Stall. Man könnte Lore zu den Wolken über der Rhön hinaufschauen sehen, von der hinteren Stalltür aus, und, ja, Lore hatte recht. Ein Gewitter gab's nicht. Es platschten nur ein paar große Tropfen nieder. Auf den Straßen hinterließen sie im Staub dunkle Flecken. Und als man am frühen Vormittag sicher sein konnte, daß es ein strahlender Sonntag werden würde, waren in der Staubschicht auf dem schwarzen alten Mercedes, der vor dem Haus der Sedlatscheks wie immer stand, nur ein paar helle Tupfer von den Tropfen zu sehen.

XIII

Es muß weitererzählt werden. Eine Begebenheit muß der anderen folgen, und wie sie miteinander verknüpft werden, gibt dem Geschehen seinen Sinn. Es muß erzählt werden, wie Barbara den Sonntag über den Schulbüchern verbracht hat, angetrieben von einem merkwürdigen Ernst.

Kopfschmerzen. Mit Kopfschmerzen ist sie aufgewacht. Sie hat auf den Wecker geschaut, es war Viertel zwölf, und die Unordnung in ihrem Zimmer war da, und sie hörte oben die Eltern aus der Kirche heimkommen, dann auch den Großvater von seinem Imkerstammtisch eintrudeln. Ein Sonntag wie viele andere. Hätte man meinen können.

Wäre da nicht diese innere Festigkeit in ihr gewesen, eine Gefaßtheit, ja beinahe eine Art Unerschütterlichkeit, ihren Weg zu machen, hineinzugehen in die nächsten Stunden und Tage, trotz allem. Trotz allem und gerade wegen der Ereignisse, die sie gleichsam mit Wucht zurückgeworfen hatten in sich selbst, als sie sich schließlich, nachdem sie ihr Zimmer und sich in Ordnung gebracht hatte, sagte, sie wollte sich jetzt vorbereiten, wirklich ernsthaft vorbereiten auf die Schule. Nach diesen siebzehn Tagen Wegsein und diesen Dingen, die sich dann zu Hause zugetragen hatten.

Sie hat auch an Jack geschrieben, sie könnten sich Samstag in acht Tagen sehen. «Bei uns hier.» Die Mutter habe es versprochen. Die zweihundert Mark hat sie mit in den Brief getan, hinzugesetzt, Geld vom Sparbuch könnte sie erst Montag nach der Schule holen.

Und die Schecks?

Dazutun oder nicht? Sie hat lange überlegt, es dann doch gelassen, etwas in ihr sträubte sich, obwohl sie wußte, notfalls schon. Und tatsächlich hat sie ja angefügt, sie würde es schon schaffen, mehr Geld aufzutreiben. «With love for ever, Barbara.»

Das, was ihr gleichsam als stille Entschlossenheit vorgekommen ist, hat sie ruhig gemacht, fast gedämpft, ihr die Lippen aufeinandergepreßt.

Beim Mittagessen, beim Abendbrot hat sie sich über die Teller, die Speisen gebeugt, dem Vater, der Mutter in die Augen oder nur ins Gesicht zu blicken, hätte sie nicht gewagt.

Sprach man sie an, kamen halblaute Antworten. Begleitet von einer fahrigen Handbewegung in die Luft hinein.

Und dann gleich wieder hinunter über die Bücher; Kaffee und Kuchen hat ihr die Mutter um halb fünf hinuntergebracht und versucht, mit ein paar verbindlichen Worten ihren Einkaufsbummelton zu finden. Barbara hat nicht viel darauf antworten können, und so ließ sie die Mutter über den Heften. Lobte, in der Tür stehend, ihren Fleiß. Einmal, als Barbara hinauf ist, um sich noch mal vom Sandkuchen zu holen, kam der Großvater über den Flur: Wenn etwas wäre, auf ihn könnte sie zählen. Ein Klaps auf die Schulter und dieses Lachen in den Augen.

Montag morgen, 7 Uhr 15, und Barbara saß im Schulbus, der über die Dörfer auf Bürg zufuhr. Tiefhängende Wolken überall. Nässe. Es goß in Strömen.

An der Haltestelle Stockheim polterte Martin Eisenbrand herein, für den es, wie Barbara wußte, vom Eisenbrandhof mit dem Rad hierher näher war als zur Haltestelle Erlhofen.

Martin Eisenbrand hatte den gleichen dichten schwarzen Haarschopf wie sein Bruder, und jetzt hingen ihm regennasse Strähnen in die Stirn, als er prustete, sich den naßglänzenden Anorak aufmachte.

Barbara mochte ihn, weil er immer zu Schabernack und

irgendwelchen Späßen aufgelegt war. Sein Grinsen vertrieb trübe Stimmung im Bus.

Lag es daran?

Vielleicht. Sie wußte es nicht. Sie hatte dieses Erlebnis mit ihm ja längst vergessen gehabt, bis es Fidi Eisenbrand wieder aus ihrer Erinnerung gezerrt hatte. «Weißt noch, mit dem Martin damals, in der Holzlege ...»

Ihr fiel jetzt ein, während sie ihn den Gang entlangkommen sah, er hatte sie manchmal auf seine Art in Schutz genommen.

Hatte wieder einmal einer der anderen sie und ihre Klotzfigur als gigantisch, als total unmöglich, als wirklich das Allerletzte bezeichnet, ein flott hingeschmissener Witz Martins, und das Gelächter galt nicht mehr ihr.

Er hängte sich an eine Schlaufe, ließ seine Büchertasche zu Boden krachen.

«Hallo, Barbara!»

Beinahe so, als hätten sie sich am Freitag morgen zum letztenmal gesehen. Aber dann doch: Ob sie von ihrem Spanienurlaub zurück sei. Stimme doch, oder? Sie habe Urlaub in Spanien gemacht. Sein Bruder habe ihm das gesagt.

Corina Jahn und Heike Maisch kicherten von den Nebensitzen herüber. Kindisch, wie Barbara fand. Das war ihr früher nie aufgefallen. Sie waren in Martins Klasse, kamen aus Hausen, und Corina sah mit ihrer spitzen Nase und ihren kurzen Haaren morgens immer wie ein pickendes Huhn aus. Während Heike mit ihren, wie Barbara fand, vorstehenden Zähnen eher an ein Nagetier denken ließ.

Barbara wandte sich wieder Martin Eisenbrand zu. Nach Spanien müsse man mal 'nen Klassenausflug machen. Er lachte zu ihr herunter.

Sie hatte keine Lust, viel zu reden, zog kurz darauf ihre

Englischvokabeln heraus, war froh, als Martin sich einem Klassenkameraden zuwandte, der weiter vorne im Bus stand.

An der Ortseinfahrt Bürg kam ein Traktor zu rasch aus einem Hof, genau konnte man es durch die regennassen Scheiben nicht sehen, der Bus jedenfalls mußte scharf bremsen. Barbaras Korbtasche kippte. Ihre lindgrüne Dose rollte über den Boden davon. Wieder das blöde Kichern von Heike und Corina und auch von anderen, als weiter vorne das Ding schließlich unter den Sitzen hervorgeklaubt und ihr zurückgereicht wurde. Verlegenheit im Gesicht, schob sie den Spray zwischen ihre Schulsachen.

Biß sich die Lippen.

Schaute zum Fenster, hinter dem der Landschaftsfilm des Schulwegs, der Busfahrt, ablief wie immer. Jetzt die Häuser an der Rüderstreuer Straße von Bürg, Einzelheiten, wohlvertraut, die immer da waren, was auch mit einem selbst geschehen mochte. Dann die kleine regennasse Tanne, dort im Vorgarten neben der Miniaturburg.

Kurz darauf, hinter vertropfter Busscheibe, ein US-Jeep. Die Antenne insektenhaft vorwärtsgebogen. Scheibenwischer als nervös schlagende Fühler.

Wenn er dort draußen jetzt am Steuer säße? Eine warme Woge stieg in Barbara auf. Nein. Vielleicht besser doch nicht daran denken, jetzt.

Und trotzdem fragte sie sich ein paar Minuten danach, als im Bus schon Aussteigstimmung herrschte, ob vielleicht doch jemand der Militärpolizei einen Tip gegeben hatte. Aus der Schule? Aus Erlhofen? Einer der Amerikaner in Fleckwild?

Das Bild stand ihr wieder drohend vor Augen: Die Uniformierten mit ihren braunen Stiefeln im Flur von Sallys

Wohnung. Der Wortwechsel. Und sie, wie sie dann durch einen Garten rennt. Bei ihrer Figur. Sie, die dicke Sedlatschek. Niemand im Bus hier, der sie kannte, würde ihr so was zutrauen.

Sie hat gemeint, daß auch dieses Erlebnis irgendwie dazugehörte, zu allem. Und daß es schließlich ziemlich egal sei, ob sie jemand verraten hatte oder nicht. Jetzt mit der Schule klarkommen, hat sie sich gesagt und ist ausgestiegen. Es war zwanzig vor acht.

Von diesem Schulvormittag des 7. Juli muß die Rede sein, wenn von ihrem Wiederanfang nach, na, knapp drei Wochen Wegsein erzählt wird. Ausgerissen war sie, und die Familienzerrissenheit, die sich darin zeigt, war ja auch gleichzeitig ein Riß durch ihr Schülerleben.

Herzklopfen? Aufgeregtheit? Schon. Und natürlich hatte Barbara einen ganz schön dicken Schulkomplex. Ungeschehen hat sie's nicht machen wollen. Im Gegenteil, das war jetzt alles sehr, sehr wichtig. Aber trotzdem, auch wenn's idiotisch war, sie fühlte sich schuldig, als sie mit den anderen ins Schulhaus rein ist, sich im ersten Stock seitlich an der Wand den Gang entlanggedrückt hat.

Wär's nicht das zweite Mal gewesen, das zweite Ausreißen und das zweite Wiederauftauchen im lärmerfüllten Klassenzimmer, sie hätte sich wahrscheinlich noch mehr gequält.

Und damals, kurz nachdem sie ihn kennengelernt hatte, war es ja nur ein Freitag, ein Montag, Dienstag und Mittwoch gewesen. Man hätt's als Kranksein verschleiern können. Aber es ist rausgekommen, weil ihre Mutter bei Rektor Höger anrief. Und da war diese Zettelnachricht gewesen, sie würde sich melden. Sie hat das ja dann auch am Mittwochmorgen getan, damals. Ihre Mutter am Telefon, und wie sie sie festgenagelt hat, sie fahre jetzt sofort los. Im Opel Ascona, auf der Heimfahrt aus der US-Siedlung, aus Fleckwild, auf der Heimfahrt vom Wegrennen, da haben beide, die Mutter und Barbara, geweint. Dabei war alles ganz einfach gewesen, Barbara wollte nur und nichts anderes als mit ihm zusammensein. Mal für länger.

Erste Stunde, Sozialkunde. Der Anfang verlief nicht schlecht. Die Sozialkundelehrerin, Frau Kastin, sprach Barbara durchaus freundlich an, sie vermerke ihre Anwesenheit im Klassenbuch, und Barbara nickte, dachte, die weiß Bescheid.

Thema Autorität und Anpassung in Staat und Familie, und Lehrerin Kastin eröffnete den Stoffbereich mit zwei Textbeispielen, so gegensätzlich, auch treffend und komisch, daß sie die Klasse sofort bei der Stange hatte. Auch Barbara. Die wollte sich nicht gleich fingerschnippend einmischen, hörte und dachte so konzentriert wie möglich mit, falls man sie aufrief.

Doch nach und nach glitt ihre Aufmerksamkeit aus dem Stoff heraus, wurde abgelenkt von der Art, in der die Lehrerin sprach. Das fiel ihr jetzt zum erstenmal auf, Frau Kastin, die Barbara auf zwischen dreißig und vierzig schätzte und die eine ausnehmend hübsche Frau mit schwarzem Pagenhaar war, die reihte die Worte, setzte sie zusammen zu Sätzen, als gelte es, eine Schönheitskonkurrenz zu gewinnen. Und gleichzeitig war alles, ihr Reden, ihre Art, die Haare zurückzuschütteln wie diese französische Sängerin, auf deren Namen Barbara jetzt nicht kam, die Art, wie sie zwischen den Bänken auf und gab ging, sich an der Tafel neben dem Tisch umdrehte, wieder zu ihnen herwandte, daß

Haarpracht und der leichte graue Rock gleichzeitig einen Schwung bildeten, das war alles, wie Barbara vorkam, eine einzige Werbeveranstaltung. Und auch ihre hypermoderne Garderobe paßte ja dazu. Immer was Neues. Immer, als käme sie gerade aus der *Brigitte* heraus und ins Klassenzimmer hereinspaziert.

Dabei mußte man sie wirklich nett finden, wie Barbara dachte. Und ihr Unterricht. Spitze. Und trotzdem wurde die dicke Barbara Sedlatschek von dieser Menschenschönheit als Lehrerin irgendwie eingeschüchtert, verängstigt.

Zweite Stunde, Englisch, bei Lehrer Hoppe. Groß, schlank, bärtig, von strahlender Jugendlichkeit und sympathischer Frische. Man las eine Lektion, in der ein Einkaufsbummel in London beschrieben wurde, um besitzanzeigende Fürwörter und die Zeitformen der Zukunft zu üben. Hoppe nahm sie mehrmals dran, lobte auch, korrigierte auch allzu «amerikanische» Aussprache, nur Struwwelkopf und Klassenbester Jörg Mattis erlaubte sich da von hinten eine nachäffende Bemerkung. Im übrigen vermied Lehrer Hoppe offensichtlich jedes Aufsehen über Barbaras Wiederanwesenheit.

Und als er dann prompt vom Stoff abschweifte, erzählte, auf englisch immerhin, wie er im vergangenen Sommer im Cabriolet durch Wales gefahren sei, da mußte sich Barbara prompt so eine Lehrerinnenschönheit wie die Kastin zu ihm ins Auto denken. Ein Bild, das ihr Beklemmung verursachte.

Vielmolt stapfte behäbig und massig mit Tafelzirkel und Dreieck unterm Arm herein.

Sie sah mit angstvollem Herzklopfen, wie der Klassenlehrer dann seine irgendwie zu klein geratenen, aber stets gutmütig wirkenden Augen in dem vierschrötigen Gesicht über sie alle prüfend hinwandern ließ und dann sie, Barbara Sedlatschek, fixierte. Und sie meinte, er nicke ihr unmerklich wohlwollend zu. Jedenfalls grunzte er sein übliches «Gut also, Leute» und fing an.

Zuerst sprach er zum Fenster hin, und seine Stundenanfänge waren deswegen bei den Schülern berühmt. Und niemand sollte da meinen, er könne, während Vielmolt also zuerst drei, vier Minuten der Klasse den Rücken zuwandte, gegen das Fenster sprach, niemand sollte da meinen, er könne groß Jokus machen. Vielmolt ortete seine Pappenheimer schon am Rascheln oder Räuspern. Die auch nur geflüsterten Stimmen sowieso. Ein Dicker mit unglaublich feinen Antennen.

Stand also seine Konzentrations- und Einleitungsminuten wie immer am Fenster ab, und man sah sein grünbraun und fein gemustertes Jackett diesen schrankbreiten Rücken umspannen. Die Gehfalte im Sakko klaffte, stand, wie Barbara auffiel, über dem ausladenen Lehrergesäß sonderbar keck ab, was beinahe lustig wirkte.

Als er sich schließlich der Klasse zudrehte, meinte Barbara, sein Hosengurt schnitte tiefer als früher überm sackschwer gewölbten Hemdbauch ein. Darüber hatte die Krawatte beachtliche Schräglage.

Täuschte sie sich, oder war er tatsächlich korpulenter geworden, seit sie ihn das letzte Mal erlebt hatte? Man erzählte sich, wie ihr jetzt einfiel, er habe sich mit seinem neuen Haus finanziell übernommen. Vier Kinder und nur ein Verdiener, munkelten die Leute, da müsse ja Kummerspeck wachsen.

Vielmolt fast aus allen Nähten platzen zu sehen hat Barbara an diesem Montagmorgen irgendwie kleinmütig gemacht. Und das nicht nur, weil sie mit einemmal dunkel geahnt hat, bei Männern ist das irgendwie gar nichts. Da lacht man allenfalls drüber. Macht Witze, redet man von gewichtigem Geist in gewichtigem Körper oder so was. Bei Männern, so ist ihr vorgekommen, ist Dicksein wirklich nichts. Oder?

Im letzten Teil der Stunde nahm er sie dran, bat sie an die Tafel. Alter Stoff.

Eigentlich hätte sie es können müssen.

Zahlen hinschreiben, denken, rechnen, weiterschreiben, jetzt, da die Tafelzeile voll ist, die zwei Schritte links rüber machen und eine neue Reihe ansetzen.

Was war es?

Schwer zu sagen.

Vielmolts lobende, helfende Stimme, immerhin. Doch plötzlich hatte sie ganz stark, körperlich fast, das Bewußtsein von den Blicken der Klasse. Am Rücken, an den Beinen spürte sie diese Blicke. War es das komische Husten von Tobias Ganser? Oder war schlicht und einfach alles zuviel gewesen für sie? Vielleicht nichts davon und alles.

Das Aufquietschen der Kreide, das Zittern der Schreibhand, des Armes, des ganzen Körpers dann. Und unwillkürlich Wasser in den Augen. So eine Art Nervenversagen.

«Setz dich mal, Barbara, wenn dir nicht gut ist.»

Sie hörte Vielmolt weiterreden und wie er sich ächzend bückte und die Kreide aufhob und dann Tobias nach vorne zitierte.

Wie kam sie an ihren Platz zurück? Hinterher hätte sie es nicht mehr genau sagen können. Sie glaubte noch, Vielmolts Hand am Arm zu fühlen und wie er sie behutsam führte.

Hatte er in ihrem Gesicht gelesen?

Geahnt, wie es um sie stand?

Und die anderen?

Und die Klasse?

Mucksmäuschenstill.

Keine drohende, giftige, böswillige Stille. Nichts. Eher so was wie wortloses Ahnen: Daß da eine von ihnen, die weg gewesen war, die was getan hatte, das man für mutig oder auch nur für verkommen und verderbt halten mochte, jedenfalls, daß mit der Dinge geschehen sein mußten, von denen sie alle sich nichts träumen ließen. Und die Szene jetzt da vorne an der Tafel war so was wie ein Nachhall von alledem.

«Mensch, Barbara ...»

Charlotte Fürst, die neben ihr saß, ein spitzbübisches, meist fröhliches Mausegesicht, das neuerdings offensichtlich Brille tragen mußte (ihr Vater arbeitete in der Einwohnermeldestelle am Rathaus), schob ihr mit großen Augen ein Taschentuch zu: «Mensch, Barbi, kann ich ...»

«Danke, 's geht schon.»

Und tatsächlich klang der schüttelfrostartige Zustand, wenn es denn so was war, nach und nach ab. Die Beklemmung, das könne jederzeit wiederkommen, blieb.

Nunmehr ist davon zu reden, wie Barbara sich in den nächsten Stunden zusammennahm, versucht hat, durch diesen Montagvormittag durchzukommen, und nach der großen Pause mit einem Cola und dem Rest Sandkuchen vom Sonntag ging's ihr auch wieder einigermaßen. Sie war froh, daß die andern sie nicht bequatscht und belabert haben, von wegen und so, und wie's denn gewesen sei. Charlotte hielt sich krankenschwesterhaft, aber trotzdem irgendwie rührend nett in ihrer Nähe, redete Belangloses, und sie bekäme jetzt 'nen Fernseher in ihr Zimmer, «stell dir vor», schnitt anderen an Barbara gerichtete Fragen nach den vergangenen Tagen ab.

Sie fing sich wieder, wollte ja, so hatte sie sich's felsenfest vorgenommen, mit der Schule ins Lot kommen.

Aus Biologie bei Lehrerin Tenzler rief man sie ins Rektorat.

Sie war jetzt fest entschlossen, guten Eindruck zu machen. Den Eindruck von einem Mädchen, das wußte, was es wollte. Das zwar so eine Ungeheuerlichkeit wie Ausreißen, Abhauen gemacht hatte, das aber erklären würde.

Rektor Höger, den sie sehr mochte, war nicht da. Statt seiner erwartete Konrektor Stollmann sie mit Katastrophenmiene im Gesicht und Zigarettenschwaden überm Kopf: «Bitte schön, nimm Platz, Barbara.»

Konrektor Stollmann, ungefähr fünfzig, mit kräftigem Kinn und schmalem Lippenbart, wirkte unruhig. Schon weil er auf diese saugende, schnullende Art und mit aufgestülpten Lippen unablässig und heftig rauchte, einmal ausgestoßene Schwaden sofort wieder mit rundem Fischmaul einsaugte, als dürfe er kein Fetzelchen von diesem Revalrauch seinen Lungen vorenthalten.

Barbara hatte bei ihm bis jetzt nur Vertretungsstunden gehabt, und stets hatte er beizend nach Rauch gerochen, aus seinen immer ein wenig ungepflegt wirkenden Anzügen heraus. Stollmann war Junggeselle, und der Stundenplan der Schule ging stets auf sein Konto.

Sie sei sich ja wohl im klaren darüber, daß man alles sehr ernst nehme, und so weiter, und so weiter.

Sie hörte ihm nicht zu. Hat nur die Bewegungen seines Mundes verfolgt. War irgendwie gebannt von diesem unablässigen Rauchverschlingen. Dann hat sie nur noch auf

Stollmanns Hände geblickt, mit den gelben Nikotinmonden an den Fingern.

Nachdem sich Stollmanns Reden, halb Standpauke, halb Ins-Gewissen-Sprechen, eine Weile hingezogen hatte, blickte sie auf. Irgend etwas in diesem ovalen Gesicht mit den beiden ausgefransten Bartflügeln darin irritierte sie.

Dann seine Fragen.

Genauer, direkter jetzt.

Und ein wenig zu leise, wie sie fand, aber immerhin mit so was wie Festigkeit in der Stimme, sagte sie: «Ich war bei meinem Freund.»

Und im selben Ton: Es werde nicht mehr vorkommen. Es sei jetzt alles anders. Sie habe das auch mit ihrer Mutter besprochen. «Bestimmt nicht mehr! Ich glaube, manche Sachen hat man irgendwann kapiert.»

«Immerhin, es ist das zweite Mal, Barbara.» Spürte er, daß sie nicht mehr preisgeben würde? Gewiß möchte er ihr jetzt bohrende Fragen stellen.

Als Barbara Sedlatschek nach zwanzig Minuten das Rektorat verließ, wußte sie, es war noch nichts entschieden.

Wie die Mutter bereits von Direktor Höger erfahren hatte, so hatte auch Konrektor Stollmann erklärt, die Lehrerkonferenz müsse prüfen, wie ihre wiederholten und schweren Pflichtverletzungen zu beurteilen seien. Als Schulstrafe wäre etwa auch Unterrichtsausschluß für mehrere Wochen möglich. Er, Stollmann, habe die Schulordnung nicht gemacht. Direktor Höger liege krank zu Bett. Demnächst werde die Konferenz über ihren Fall stattfinden. Wann genau, könne er noch nicht sagen. «Bis dahin, Barbara, bitte ich um untadeliges Verhalten. Hier in der Schule. Und am besten auch in deiner Freizeit.»

Und sie wußte dann auch, was sie vorhin an Konrektor

Stollmanns Äußerem so irritiert hatte: falsche Haare. Man hatte es ganz deutlich gesehen, beziehungsweise sie hatte es an dieser Haarabstufung erkannt. Er trug ein Toupet. Was ging Stollmann sie weiter an, außer daß er eben ein Lehrer an ihrer Schule war? Und trotzdem hatte sie sich eine Sekunde lang irgendwie geschämt. Als habe sie in ein bis jetzt verborgenes Leben hinter dem Schulalltagsleben hineingeblickt und dort nur nervöse Verworrenheit und eine beinahe weinerliche Eitelkeit entdeckt.

Nach der Schule, Raiffeisenbank Bürg. Und sie hob von ihrem Sparbuch alles bis auf dreißig Mark ab. Als sie die Scheine in ihren Geldbeutel steckte, fielen ihr wieder Schecks und Scheckkarte der Mutter ein. Da entschloß sie sich, beide in die Handtasche der Mutter zurückzuschmuggeln. Scheckbetrug, wenn's rauskommt, sagte ihr eine innere Stimme. Und die zweihundert Mark, die sie sich in der Nacht geholt hatte? Diebstahl. Natürlich. Die Eltern bestohlen. Nein, die Schecks mußten zurück. So was konnte sie sich jetzt auf keinen Fall mehr leisten. Dann würden die unweigerlich mit dem Schulausschluß ernst machen. Es würde, dachte sie dann noch, es würde ihr schon was anderes einfallen. Bevor der Bus fuhr, reichte es ihr noch zu Bäkker Salm. Hunger? Nein, nicht gerade. Aber nach diesem Beklemmungsvormittag mußten die drei Zuckerschnecken sein.

XIV

Dann ist Barbara zum zweitenmal im Bus gesessen an diesem Montag, dem 7. Juli, im vergangenen Jahr. Von dieser Schulheimfahrt wird berichtet, weil ihr da, wie es scheint, die rettende Geldidee kam.

Auch wäre vorzuführen, wie eine Geschichte, auch wenn sie auf einmal langsamer wird für eine Strecke, zunehmen kann an innerer Fallgeschwindigkeit. Ist nicht auch bei Flüssen kreisendes Wasser ein Zeichen für starken Sog in die Tiefe?

Müde. Barbara ist innerlich eigenartig zerschlagen gewesen, hat langsam und ohne Hunger ihre Zuckerschnecken in sich hineinverfrachtet. Die Bluse klebte ihr im Rücken. Manchmal ein kühler Tropfen aus der Achsel heraus. Selbst zum Hantieren mit dem Duftdeo war sie nun zu ausgelaugt. Durchs Busfenster blies dämpfige Waschküchenluft herein. Noch immer, wie am Morgen, hing schweres Gewölk überm Tal.

Corina Jahn und Heike Maisch vorne hinterm Fahrer, Martin Eisenbrand hatte wohl sechs Stunden heute.

Während sie kauend schwer in ihrer Ermattung saß, lief im Fenster der Schulwegfilm mit Häusern und Bäumen und Landschaft rückwärts, und gleichzeitig kreiste in ihrem Kopf der Vormittag weiter: Diese in den schönsten Farben erstrahlende Sympathiewerbung der Lehrerin Kastin. Der Anblick von Vielmolts ins Hemd, in dieses Hemd voller Bauch eingekerbtem Leibriemen. Und dann die Sache mit Stollmanns Haaren. War ihr denn das alles nicht früher aufgefallen? Deuteten diese Dinge denn nicht auf etwas hin, das einen ratlos machen mußte? Oder war es ganz anders? Steckte dahinter vielleicht auch ein Sinn, eine Helligkeit, die einen selbst anging? Einen selbst mit seinen Gewichtsschwierigkeiten, seiner stündlichen und täglichen Körperkatastrophe, die man nur vergaß, wenn man mit einem Menschen wie Jack zusammen war, für den das alles offensichtlich die reinsten Schönheitsgebilde waren, diese Schenkelfülle, diese breitgedrückte Fleischigkeit überall, die Stämmigkeit der Arme, diese bleiche Molligkeit, da und da und da; wenn man mit ihm schlief.

Und das, was man da am Samstag in der Nacht im Flur vernommen hatte, hatte es diese beiden Menschen, die man ja mochte, die man ja trotz allem mochte, nicht so erschrekkend anders erscheinen lassen? So wie man Vielmolts zum erstenmal richtig bemerktes Dicksein auch irgendwie als eigene Schande empfand? Empfunden hatte?

Sie konnte das träg kreisende Gedankengespinst nicht entwirren, meinte noch, sie müsse mal Lore fragen, mit ihr darüber reden, und blieb in einer Art kleinmütigen Traurigkeit mit der Bäcker-Salm-Tüte am Schoß sitzen.

Als man dann draußen von einem Baum neben der Straße einen großen, schweren Vogel auffliegen sah, hatte sich alles in ihr bereits wieder zum alten aufquellenden Baumstumpfgefühl verdichtet.

Sie beobachtete noch, wie der Vogel, den sie für einen Habicht hielt, trotz ausgebreiteter Schwingen zu Boden zu sacken schien, ehe er genügend Luft unter die Flügel bekam. Man hätte meinen können, er sei zu plump und zu mächtig für diese luftige Helligkeit zwischen Geäst und Kornfeld, und eine Sekunde lang sah es so aus, als würde er ins Grün des Korns hineinstürzen und nie mehr wieder auftauchen.

Der auffliegende Vogel?

Vielleicht.

Mit einem Mal ist Barbara das Honigausfahren mit ihrem Großvater wieder eingefallen, ist die Klirrmusik der Gläser und Büchsen hinten in dem Kasten auf dem Fahrrad wieder aufgeklungen. Sie war vielleicht fünf, sechs Jahre alt.

Und das Sausen der Reifen.

Und über ihr in ihrem Kindersitzchen die Brummelstimme des Alten, der irgendwelche märchenhafte Geschichten von seinen Bienenvölkern erzählte.

Hatte nicht des Großvaters Stimme auch jenen Klang gehabt, wie sie ihn manchmal zu hören glaubte, wenn sie mit Jack zusammen war und er dann in seinem amerikanischen Dialekt diese Koseworte über einen hinstreute?

Und noch etwas fiel ihr ein auf dieser Heimkehr im Bus: Als sie Rast machten, damals beim Honigausfahren, hatten sie Heidelbeeren gepflückt. Und dann waren sie am Waldrand auf einen Hochsitz gestiegen und hatten Honig in die Heidelbeerbüchsen geträufelt und das Ganze als Nachtisch nach den Wurstbroten gegessen.

Nie wieder hatten ihr Heidelbeeren so gut geschmeckt.

Nie wieder hat sie sich so leicht und glücklich gefühlt wie dort oben zwischen dem Geäst.

Irgendwann ist sie dann, das runde, dickliche Kind, das sie damals schon war, satt und zufrieden und mit blauverschmiertem Mund in den Armen des Großvaters auf dem Hochsitz eingeschlafen.

Das Bild sank zurück. Man näherte sich Erlhofen.

Ja, dachte Barbara da, ich werd's versuchen. Ich werd's mal in der Art probieren.

XV

Man müsse eben jetzt sehen, daß alles glattgehe.

«Ja ... ja, ja.»

So etwas Ähnliches habe ihr neulich Direktor Höger auch gesagt.

«Ich weiß.»

Sie habe ja ganz verschmierte Augen.

«Hmmm.»

Sacht den Lidstrich. Sie wisse, wie's die Kosmetikerin gezeigt habe.

«Ja, Muttel, ich weiß.»

Hoffentlich sei sie so verschmiert nicht bei Herrn Stollmann drin gewesen.

Pause. Und dann: Sie solle doch bitte jetzt nicht so vor sich hin starren. Vor sich hin brüten. Was denn sei? «Wenn wir zusammenhalten, werden wir's überstehen.»

Spinat, Spiegelei, Salzkartoffeln. Danach Erdbeeren mit Sahne.

«Nimm noch. Da.»

Das zweite Ei glibbert von der Pfanne. Öl träufelt nach.

«Dein Freund hat geschrieben.» Auf der Anrichte liege der Brief. Ob er denn komme? An diesem Wochenende sei man ja bei Fialas von der Landsmannschaft. «Er wird sechzig», und da habe sie es Vater nicht abschlagen wollen. Obwohl, sie werde sich wieder tödlich langweilen. «Aber die Woche drauf, ja, Barbara. Weißt du, ihr macht euch ein richtiges kleines Gartenfestchen zu zweit, nicht?»

Natürlich. Sie habe ihm geschrieben. Er werde schon kommen.

Sie müsse jetzt los, in den Supermarkt. «Bitte, räum das Geschirr in die Maschine.»

«Ja, mach ich dann.»

«Wenn du nur diese schreckliche Wegrennerei läßt, Barbara. Ich will dir schon helfen.» Und noch mal! Sie gehe jetzt. Bis heut abend.

«Wiedersehn.»

XVI

Was später dann kam und alles verschob, wendete, das hat Zeit. Statt dessen könnte man jetzt von Barbaras Versuch und Anstrengung sprechen, in so was wie ein lichteres Leben hineinzugelangen, in dem sie dann sich selbst und andere klarer erkennen würde, verläßlicher, unwandelbarer. Wo dann Gesichter Gesichter wären und nicht Masken, nicht Verpackungsfolien, die verbergen und verschönern.

Wir könnten also nunmehr verfolgen, wie sie sich weiter in die Ereignisse hineinbegab, könnten fragen jetzt, warum schloß sie das Fenster, als sie dann – es war nun halb drei – hinunter in ihr Zimmer kam.

Draußen brodelte noch immer schwülheiß der Tag. Drüben Röschs Rasen, von verkohlten Papierfetzen gefleckt. Das ausgebrannte Flugmodell war nirgendwo mehr auch nur als Ascherest zu sehen.

Hinter der Rhön sah Barbara noch Wolken und Wind einen Turm aufbauen, der schon ein Nachmittagsgewitter ahnen ließ.

Wollte sie ihr Zimmer dichtmachen, gegen den Tag da draußen?

Sie schlug ihr Bett zurück, kleidete sich, um sich in der Hitze Erleichterung zu verschaffen, bis auf die Wäsche aus, deponierte das angelaufene Cola, das sie mit heruntergenommen hatte, am Nachttisch und legte sich vier Pralinen zurecht.

Den Gipfel der Bettdecke schmückte sie mit dem farbigen Rechteck seines Fotos.

Noch die Kopfhörer auf die Ohren. Das Tom Jones-Lied im geringelten Kabel herübergezogen. Ein Kissen in den Rücken und sich hingestreckt, in die kühle und weiße Fläche des Lakens.

Cola, das einem den Mund ausprickelte; pralinensüße Schokoladenmantsche hinterher.

Und im Ohr, nein, im Kopf, im Hirn, während die Bässe hinunterwummerten in den essensprallen Bauch, die Stimme, die sang vom grünen Gras und dem alten Haus, das man sah, wenn man die Straße des Heimatorts entlangging.

Bei alldem und in alldem riß sie dann Jacks Brief auf.

«Dear Barbara ...»

Zuerst eine aufrichtige Entschuldigung für seinen barschen Ton, neulich am Telefon. Und dann, nach ein paar verbindenden, verbindlichen Sätzen: Er müsse sie um etwas bitten. Er wisse sich nicht mehr anders zu helfen. «Also, hör zu, Chick.»

Er brauche jetzt das Geld wirklich. Soundsoviel Dollar brauche er, und sie hätten ja schon neulich darüber geredet, aber jetzt sei alles schwieriger geworden: «About 1300 German marks.» Nein, es gehe eben nicht mehr nur noch um einen Wagen, wie er gesagt habe, als sie hiergewesen sei, sondern auch um eine dringende andere Sache, die er aber nicht erklären könne. «Sorry, too complicated!» Zuerst komme der Wagen, das sei ja abgemacht gewesen. Dann aber diese andere Angelegenheit. Er habe da einen Fehler begangen, jemandem vertraut, alles auf eine Karte gesetzt.

Wenn er das Geld nicht rasch bekomme, würde er Schwierigkeiten, «heavy trouble», mit der «MP» kriegen. Andere seien schon wegen geringerer Sachen aus der Army rausgeschmissen worden. «Ich darf dieses Spiel nicht verlieren, Baby.» Er werde alles natürlich zurückzahlen. «Okay, chick, 1300 marks», und sie seien aus allem raus. Er brauche das Geld jetzt wahnsinnig dringend und wahnsinnig rasch. Und er brauche sie, Barbara!

Täuschte sie sich?

Oder war da tatsächlich wieder so ein drängender Ton zwischen den Zeilen aufgeklungen?

Nein, nein doch! Bitte nein. Denn da stand ja noch das andere, das mit ihnen zusammenhing, Bedeutung hatte für sie beide.

Wenn sie sich sehen könnten, fragte er zuerst, und sie überlegte, daß er also ihren Brief mit den zweihundert Mark drin noch nicht bekommen haben konnte.

Und dann beschrieb er sie mit Worten, wie sie sie noch nie von jemandem gehört hatte. Schmeichelsätze, wie zärtliche Berührungen, wie liebevolle Blicke, die über einen hingehen. Und dann: Er habe unendliches Verlangen nach ihrer Haut, nach «the white hills of your skin», den weißen Hügeln ihrer Haut.

Dieses Aufleuchten in ihr, dieses Jauchzen!

Noch nie hatte sie einen Brief bekommen wie diesen. Genaugenommen hat sie noch überhaupt keinen wirklichen Liebesbrief erhalten. So hatte noch nie jemand von ihr, dem dicken Mädchen, geredet.

Immer nur Spottbemerkungen.

Immer nur ihre Figur, als Anlaß für Witze.

Saustallpfosten, solche Wörter für ihre Beine.

Und hier? Die Schönheit der weißen Hügel ihrer Haut.

Daß in einem alles hell auflachen wollte, daß man die Arme in die Luft werfen wollte und irgend etwas umarmen.

Zu Zeiten, da die anderen Mädchen aus ihrer Klasse längst mit Freunden gesehen wurden, traute sie sich ja noch nicht mal in eine Disco hinein. Vor Angst, sie würde den ganzen Abend hinter ihrem Cola versitzen.

Das waren *ihre* Männergeschichten! Da mochte Lore doch reden, was sie wollte.

Und wenn sie es sich genau überlegte, waren das mit Jack ihre ersten intimen Erlebnisse. Ja, bis zur Begegnung mit ihm hatte sie noch nicht einmal richtige Erfahrungen mit Küssereien. Am Anfang hatte sie dauernd den Mund so komisch geöffnet gehalten, bis Jack ihr dann schließlich die Lippen spielerisch zusammengepreßt hatte.

Und jetzt so was. So was Schönes.

Daß man das erleben durfte. Noch dazu nach so einem verquälten Vormittag.

War es denn nicht ganz natürlich, daß man denjenigen um Hilfe bat, den man so liebte, wenn man in der Klemme steckte? War denn diese ganze Geldgeschichte nicht piepegal angesichts solch wärmender Tupf-, Tast- und Streichelworte?

Barbara wollte das jetzt auch alles für eine Art Seelenwiedergutmachung, eine Entschädigung halten, die ihr das Schicksal zugespielt hatte.

Und war das denn nicht auch ein Beweis für Lores Lebenserklärungen?

Nunmehr war sie geneigt, sich selbst und ihre Körperfülle für etwas zu halten, in dem, unter Speck und dicker Haut freilich, eine andere Art von Menschenharmonie verborgen war. Eine andere Art von Frauenanmut als die, die man immer und überall vorgesetzt bekam.

Sachte befreite sie sich von ihrer Wäsche, öffnete die

Schranktür, betrachtete sich im Spiegel; wurde gewahr, sie hatte ja noch immer die Hörer am Kopf, was sie über sich lächeln ließ, ehe sie, ernst geworden, in sich hineinredete, dem nackten großen Körper dort sagte, ja, es sei gut so, ihm für diese weiße Busenüppigkeit so etwas wie das Wort Glockenblumen zuflüsterte.

Dann, nach einer Weile, begann sie die Spuren von seinen Händen auf ihrer Haut zu suchen, streichelte in Gedanken sein Gesicht, Jacks Gesicht, bis ihr Atem Flügel bekam und sie sich schließlich auf der Seite liegend, den Kopf im Kissen, wiederfand.

XVII

Das erwartete Gewitter mußte an anderer Stelle niedergegangen sein. Als es halb sechs Uhr nachmittags geworden war, an diesem Montag, spürte man ganz deutlich den Staub in der Luft, den der Wind aufgewirbelt hatte. Es war kühler geworden, und der Himmel hatte sich bedeckt.

Man muß einer Geschichte auf der Spur bleiben, darf nichts auslassen, was ins Bild gehört. Nichts unterschlagen, was Bedeutung haben könnte. Und so ist festzustellen, nein, Barbara hat keinen Fehler gemacht, nur weil sie dieser Brief in so eine innere Leichtigkeitsstimmung versetzt hatte, so eine Helligkeit in ihr ausgelöst hatte, in die sie am liebsten hätte mit ausgebreiteten Armen hineinrennen wollen, weil sie ahnte, sie wäre dem, auf das sie so lange gewartet hatte, ein Stück näher gekommen.

Sie ist nicht gleich losgestürmt. Hat sich nicht gleich aufs

Rad geschwungen, hinaus, in Richtung Eisenbrandhof. Jetzt müßte und könnte vielleicht auch die Lore helfen, was das Geld anging, dachte sie noch. Sie hatte ja diesbezüglich eine Idee. Aber wenn Lore was leihen könnte, wär's mit dem Rest leichter.

Die Küche war in blitzsauberem Zustand, als sie sie verließ. Zufrieden brummend fraß die Spülmaschine Teller und Besteck sauber. Auch an solchen Dingen wie Küche-aufräumen sollte die Mutter sehen, es war ihr ernst.

Dann hinein in die Hausaufgaben. Den Kopf gefüttert, und Englisch würde man ja ganz bestimmt mal brauchen können.

Sie übersetzte, schrieb sauber in die Hefte, bereitete Geographie vor. Das alles fiel ihr leicht, so guter Stimmung war sie jetzt.

Sie sei bei Ruth. Die wollte ihr in Mathematik helfen nachzuholen, was sie versäumt habe. Könne später werden.

«Kuß, Barbi», hatte sie ansonsten solche Zettelnachrichten für die Mutter immer unterschrieben. Aber das schien ihr jetzt eine Sprache aus einer anderen Zeit zu sein. Nach allem, was sich zugetragen hatte. Und so setzte sie nur knapp ihr «Barbara» darunter, aus.

Als sie zehn Minuten später mit dem Rad durch die kühle Luft fuhr und rechts unten im Hang das Hasenwäldchen liegen sah, wurde sie vom silbernen Kühlwagen der Bürger Molkerei überholt, der wohl Richtung Eisenbrandhof fuhr. Ein Kopf schob sich aus dem heruntergekurbelten Fenster. Ein Pfiff flog zu ihr zurück.

Am Rehbuckel stieg sie ab, setzte sich auf die Bank unter den sechs großen Pappeln. Dann lehnte sie sich zurück, schaute in den Himmel hinauf, in den die lindgrünen Kerzen der Bäume hineinragten. Und nach einer Weile konnte sie tatsächlich glauben, irgendwo zwischen all dem zu schweben. Inmitten dieser Wolken auch, die majestätisch und stumm dahintrieben. Hatte nicht die alte Frau, zu der sie unterwegs war, von ihnen gesagt, sie könnten es nicht bestimmen, wohin der Wind sie blase? Man sah hoch oben ein Habichtspaar in gedehnten Spiralen herüberfliegen. Sie war mitten aus dieser summenden Lebenslust heraus, dieser inneren Heiterkeit, die Jacks Brief in ihr angezündet hatte, zu allem mehr denn je entschlossen.

Der Traktor schleppte seinen korbartigen Grünfutteranhänger mitten durch das Landsträßchen. Wich nicht aus. Der Fahrer mußte sie längst auf ihrem Rad im Rückspiegel gesehen haben. Verkehrsdurchsagen piepten im plärrend gedrehten Traktorradio. Schließlich gab er einen Straßenstreifen frei, rollte aber langsam, provozierend. Sie sah Fidi Eisenbrand herübergrinsen, die Radiostimmen wegdrehen. Trat sie in die Pedale, fuhr auch der Trecker an. Wurde sie langsamer, ging der drüben in die Bremse. Doch es machte ihr Spaß, so zu tun, als verstünde sie das nicht: dieses Lachen, dieses Traktorabbremsen.

Neulich habe er sie an der Bushaltestelle gesehen. Er rollte die Augen, stülpte die Lippen auf für einen Kuß.

Sie lachte, dachte, es sei ein Spiel. Dann hängte er sich aus dem fahrenden Traktor heraus.

«Der Vogel da vorn auf dem Pulli ...»

Sie, beide Hände am Rad, spuckte auf die herüberkommenden Finger. Er schleckte es weg, rollte wieder die Augen hinter den starken Brillengläsern.

Plötzlich dann, wütend geworden: «Wenn d' zur Lore willst, da brauchst gar net nausfahren zu uns, Amischicks.»

Die sei in Würzburg. Besuche ihre kranke Schwester. «Dabei bräucht se wahrscheinlich selber den Doktor.» Komme morgen erst wieder.

Am anderen Tag, zehn vor zwei. Barbara war von der Schule zurück, stand vor dem Gartentürchen, zog den Schlüssel zurück und spürte, daß mit der Eingangstür etwas nicht stimmen konnte. Dann sah sie es, schwarz, quer drübergeschmiert mit schwarzem breitem Filzstift: «Amischicksen raus aus Erlhofen.» Darunter ein Kreis mit einem Hakenkreuz drin, groß wie ein Fußball.

Sie begreift nicht. Dann aber kommen ihr in einem Gefühl der Ohnmacht auch schon die Tränen. Ins Haus. Die anderen sind, wie immer an Dienstagen um diese Zeit, noch nicht da. Ins Haus also und mit Putzlappen und Sprühreiniger das weggewischt, weggerubbelt. Auf der Glätte der Tür geht das auch. Ein Ohnmachtsschuldgefühl erfaßte sie, als hätt ihr jemand von hinten einen Stein ins Kreuz geworfen.

XVIII

Der Faden kann da aufgenommen werden, weitergespult werden, wo Barbara am Mittwoch abend um neun Uhr herum am Fenster des Gartenhauses oben im Bienenland gestanden ist. Sie hat hinaus in den Regen geschaut und gewartet. Irgendwie still in das Kommende hineingewartet.

Nach ein paar Minuten hat man dann unten auf der Straße nach Wächterswinkel eine Gestalt auf einem Fahrrad auftauchen sehen. Es war eine Frau, die ein helles Kopftuch umhatte, und langsam und vornübergebeugt trat sie ihr Rad in die Steigung hinein.

Sie hat noch gemeint, es könnte jene Alte sein, die sie die Erlhofener Hauptstraße entlangkommen gesehen hat, an jenem Nachmittag ihrer Rückkehr, als sie ihrem Vater begegnet ist.

Auch jetzt unterm Sattel der Frau dort unten dieser helle Strohbündelfleck. Wenn es denn Stroh war, mit dem man den Sattel geflickt hatte. Der Lichtkeil der Radlampe wirkte hierherauf rotgelb und warm, und man sah den Lichtschein taumeln, wenn die Frau dort unten einer Pfütze auswich. Die Szene ist ihr als Sinnbild von etwas erschienen, das sie hätte nicht beschreiben können, das aber, wie sie geahnt hat, irgendwie mit ihrem Leben und dem Leben der anderen Menschen zusammenhängen mußte.

Jedenfalls ist da in ihr wieder so eine merkwürdige stumme Gewißheit aufgestiegen, eine Art leise daherkommende Hoffnung. Auch wenn solche schwarzen Drohungen an die Haustür geschmiert wurden. Auch wenn man nachts durch den Flur tappte und solche Geräusche aus dem Schlafzimmer der Eltern hörte.

Hatte denn nicht die Mutter vom Zusammenhalten gesprochen? Und Großvaters Andeutungen, war das nichts? Hat sie sich gefragt.

Wenn diese schweigende Hoffnung nur geblieben wäre, Bestand gehabt hätte für Tage und Wochen.

Barbara hörte den Großvater dann im Lagerräumchen nebenan auf irgendwelche Säcke und Schachteln schimpfen, die sich vor seinen Weinflaschen türmten, hörte ihn etwas dumpf beiseite wuchten.

Im Raum, dicht und intensiv, der Geruch nach Gewürzen

und dem Zigarrenrauch des Großvaters. Und ein wenig roch man auch den Wein in den Gläsern am Tisch.

Gut, wenn es denn sein mußte. Barbara erkannte im Moment keine andere Möglichkeit. Sie würde ihm einfach eine ganz verrückte Geschichte auftischen. Hatte er ihr denn früher nicht selber erzählt, wie so was ging? Seine Bienenvölkergeschichten?

Sie lauschte in den Regen hinein, der draußen in der Dachrinne schluckte und gluckste, und fühlte nun auch, daß sie doch ein bißchen betrunken war. Wie die Tropfen jetzt das Dach bombardierten. Da! Und wenn die Dachrinne einen Moment still war, vernahm man das Regentrommeln auf dem Auto des Großvaters. Wie würde er reagieren? Würde er trotz allem denn doch mit der Hand auf den Tisch hauen: Hör mal, da mach ich jetzt nimmer mit?

Der Großvater kam dann mit der Weinflasche in der Hand herein, die er drüben irgendwo vorgekramt hatte, und machte einfach mitten im Satz weiter, den er vorhin hatte in der Luft hängen lassen:

... wolle mal sagen, wirklich das Schönste, damals, als er Fahrer bei Kossaks gewesen sei, das sei kurz vor dem Krieg gewesen und die Zeit, als Direktor Kossak versucht habe, mit französischen Fahrradherstellern ins Geschäft zu kommen.

Sie setzte sich wieder auf die Eckbank hinter den Tisch, auf dem noch die Reste eines improvisierten Abendessens standen, schaute in das von weißen Haaren umflammte Gesicht des Alten hinein, dessen Augen jetzt glänzten und funkelten.

«Südfrankreich, Barbara. Arles, Narbonne.» Dort habe man ein Auslieferungslager gehabt.

Er zog den Korken, goß ihr und sich Wein nach, trank, lehnte sich zurück, in seine Erinnerung hinein.

«Sur le pont d'Avignon ...» stimmte er dann an, und Barbara hörte, die Zunge des Großvaters war schon nicht mehr ganz sicher auf den Beinen.

«Da unten in diesem Land ist die Schönheit daheim, Barbara.» Er habe die Schönheit immer geliebt. Die von Ländern und, hmm, ja, auch die von Frauenspersonen. Ob sie wisse, daß die Lore vom Eisenbrandhof früher mal ...

Er brach ab. Das Licht hatte zu flackern begonnen, erlosch dann für einen Moment.

Bei solchem Wetter kam so etwas hier oben öfters vor, und sie hörte den Großvater dann auch irgendwas von einem beschädigten Stromkabel brummen. Als das Licht kurz darauf wieder an war, wirkte alles wie aus der Dunkelheit herausgeschnitten: die Gläser auf dem Tisch, die beiden Weinflaschen, das Brot und die Tüte mit der Wurst darin.

Und Barbara?

Sie hat ganz ruhig in das Kommende hineingewartet. Hat sich ein Stück Brot weggebrochen, sich in den Tisch hineingelehnt, vom Brot geknabbert, und diese leise kreisende Gewißheit von vorhin hat ihr gesagt, sie solle ihm zuschauen. Schau dem Alten da, der dein Großvater ist, noch 'ne Weile zu. Wie er in seinem Leben herumspaziert. Wie er in seiner Vergangenheit herumwandert.

Eine volle halbe Stunde lang hörte sie, wie er sich in die Geschichte vom Verkauf seiner Landwirtschaft, seines Bodens, an Kossak hineinverlor. Wie die neue Bahnlinie nach Fladungen hinauf dabei eine Rolle gespielt habe. Er sich hätte entscheiden müssen, zu investieren oder die Landwirtschaft fallenzulassen und in die Fabrik zu gehen. «Zum Sachs nach Schweinfurt.» Großmutters Gesundheit sei damals schon angegriffen gewesen.

Manches war ihr bekannt. Manches hörte sie zum erstenmal, fügte es ein in ihr Bild vom Leben des Großvaters, der dann, einen Punkt auf dem Tisch fixierend, meinte, damals, während seiner Kossak-Zeit, da sei an manchen Tagen, na ja, «du bist ja alt genug, um das zu begreifen», so was wie eine Sehnsucht in ihm gewesen.

Draußen, auf diesen Dienstfahrten, solche Schönheiten, die man überall hätte erblicken können. «Und dann heimkommen, Barbara. Hier herauf, wo wir halt daheim sind.» Das sei auch etwas gewesen! Mit Krieg, Währungsreform, Geldverlust gab er sich knapp noch ein paar Stichworte. Aber die Erinnerung wurde ihm dann dünn. Schließlich schwieg er.

Irgendwo im Wald draußen jetzt ein Bellen. Und sie wußte, ein Fuchs. Der Großvater hatte sie gelehrt, Fuchsgebell von Hundegekläff zu unterscheiden.

Der Wind ließ den Regen in aufrauschenden Wellen aufs Dach trommeln. Die Rinne verschluckte sich mehrmals, gurgelte besorgt hinterdrein.

Es ging ganz leicht, fast mühelos.

«Opa, ich brauch Geld.»

Ein schüchterner Blick zu ihm hinüber. Dann tupfte sie wieder Brotkrümel vom Tisch, schleckte sie vom Finger.

Hatte er nicht auf so etwas gewartet, die ganze Zeit über? Und sein Erzählen, sein Reden von sich und seinen Kossak-Jahren, war das nicht eine Art heimliches Wegfreimachen gewesen?

Sie nannte die Summe.

Es war weniger als der Betrag, den Jack verlangt hatte.

Sie sah ihn dann die Augen klein machen, eine Zigarre herausziehen.

Jetzt anfangen, dachte sie. Jetzt hinein in die Lügengeschichte. Und also: Alles kompliziert. Wichtig. Wenn sie's

Geld nicht kriege, passiere was ziemlich Schlimmes. Es gehe nicht um sie. Jemand aus der Klasse. Eine Freundin. Sie werde es in vier Wochen zurückzahlen. Und so weiter. Und so weiter.

Wann hätte Barbara je flott und gut gelogen?

Das glückte ihr nicht, in ihrer geraden Art.

«Kriegst ein Kind? Brauchst Geld, um ...»

Er paffte jetzt Rauch über den Tisch. Sie schüttelte den Kopf. Nein, ein Kind kriege sie nicht. Das sei die Wahrheit. Sie kaute ihre Lippen.

«Hängt's mit deinem Freund zusammen?»

Was hätte sie antworten sollen? So nickte sie halt nur, brachte ein paar andeutende Sätze hervor, über das, was er geschrieben hatte, erwähnte auch ihren Plan mit dem Auto: «Opa, bitte, er zahlt's doch zurück. Das schwör ich.»

«Viel Geld», knurrte der. Beobachtete eine Weile, wie sie nur immer Krümel auf dem Tisch hin und her schubste. Schließlich nahm er seine Schildmütze von der Bank neben sich, setzte sie ihr ins Haar. Und da wußte sie es. Aufzuschauen wagte sie nicht.

Und noch mal: «Viel Geld. Ja, ja ...»

Aber schwang da in seiner Stimme nicht etwas mit, was mit Geldbesorgnis nichts zu tun hatte, eher schon mit dem zusammenhängen mochte, was er vorhin erzählt hatte?

Kurz darauf jedenfalls holte er die grüne Stahlkassette aus dem alten Gewehrschrank herüber, kramte seine Hosentaschen nach Schlüsseln aus, ließ plötzlich die Hand auf dem grünen Kasten liegen. Schien zu zögern.

Man hörte, die Dachrinne hatte nun wirklich Mühe, mit dem Regen draußen fertig zu werden; schnorchelnd bat sie um weniger Wasser. Auch der Wind mußte einen Zahn zugelegt haben.

Der Großvater schickte sie hinaus zu seinem Auto, das unter den Regengüssen das Dach buckelte. Und tatsächlich hätte er sie jetzt bis ans Ende der Welt schicken können; schon deswegen ließ sie die Mütze am Kopf.

Als sie durchnäßt wieder hereinkam, reichte sie ihm wortlos die Jacke, die sie aus dem Wagen geholt hatte.

Und er, Zigarre im Mundwinkel, ein Auge wegen aufsteigenden Rauches klein gekniffen, nahm aus seiner Brieftasche mehrere Hundertmarkscheine, die er wortlos auf den Tisch legte.

Sie sah noch diese abgebrochene Handbewegung zur grünen Kassette hin, die etwa besagen mochte, da drinnen wäre noch ...

Doch da war sie ihm schon an den Hals geflogen. Umarmte ihn stürmisch: «Opale ... Opa ... mein Opa Ulrich ... Lieber ...»

Und sie fühlte, wie er sie hielt, während er selbst schon etwas weinweich in den Knien sein mußte.

Sie sei ja ganz naß. Sie werde sich erkälten.

Aus den Tiefen des Schrankes zog er seinen alten grünen Gartenarbeitspullover, murmelte, sie solle noch mal trinken. Sei gut gegen die Kälte.

Und sie spürte es dann in sich aufwallen, diese Teekesselwärme, die der Wein unter ihrer Haut, in ihren Armen, in ihren Beinen, in ihrem ganzen schweren Körper angezündet hatte, die einem unendlich guttat, fast so etwas wie satt machte, beinahe so schön und so herrlich und so gut war wie das volle Magengefühl, das sie so gut kannte.

Umständlich und behutsam, als wäre sie wieder jenes kleine, pausbäckige, pummelige Mädchen, dem er, wenn sie beim Honigausfahren Rast gemacht hatten, das Hemdchen aus- oder angezogen hatte, so schälte er sie jetzt sachte aus dem nassen T-Shirt und zog ihr seinen nach Erde riechenden Pullover über.

Auf der Bank dann lehnte sie sich gegen ihn, ließ den Kopf auf seine Schulter sinken, trank nun auch mehr und mehr, damit die Wärme in ihr nicht verlöschte, sah am Tisch die Scheine liegen.

Nach und nach lösten sich ihr die Umrisse vor den Augen auf. Nur hineinschwimmen in diese innere Teekesselwärme wollte sie noch, weil sie meinte, sie wäre nun ein Stück weiter hinausgekommen in so eine Lebenshelligkeit, wie sie sie ersehnte, seit sie mit diesem Siebzehn-Tage-Fortsein von daheim, mit diesem Ausreißen, Schluß und Ende gemacht hatte. Denn sie spürte da jetzt einen neuen Boden unter ihren Füßen, der sie trüge, auf dem auch sie mit ihrer dicken Häßlichkeit, mit ihrem häßlichen Dicksein hineinlaufen könnte in ein irgendwie deutlicheres, klareres Leben.

Was danach kam, soll nicht abgedunkelt, verschwiegen werden.

Barbara war dann eingenickt, hatte eine knappe halbe Stunde geschlafen, es ging auf elf Uhr zu, aber die daheim wußten ja, sie war bei Großvater im Bienenland.

Plötzlich wachte sie auf. Wurde von irgend etwas hinaufgerissen an die Oberfläche ihres Bewußtseins.

Oder träumte sie nur, sie wache auf?

Sie meinte zuerst noch zu fühlen, daß ihre Kleider in Unordnung wären, und war das noch Traumerinnerung, oder war das tatsächlich so etwas wie eine ganz zaghafte Berührung in dieser Unordnung gewesen? Nein, sie täuschte sich. Sie hatte sich wohl doch getäuscht.

Sie riß die Augen auf.

In der Tür eine Gestalt, die wohl Lore sein mußte. Die

immerzu etwas hervorzischte, mit so etwas wie einem Heft herumfuchtelte.

Als sich Barbara mit einem Schreckensruck dann hochstemmte, daß der Tisch zurückpolterte, eine Weinflasche abkippte, sah sie die Hefte mit den unbekleideten Frauen neben der Stahlkassette.

Im Wegrennen vom Gartenhaus, im Hinunterlaufen durchs Bienenland – und immer noch Regen jetzt – hörte sie Lore. Lore mit immer demselben herausgezischten Wort, das sich auf den alten Mann dort oben bezog.

Am Gartenzaun die schattenhaften Umrisse eines Fahrrades. Im dünnen Licht des Fensters oben ein Köfferchen quer über dem Gepäckträger. Eine Plastikfolie drum herum, wie etwas unwirklich Höhnisches, Vulgäres.

Seit Barbara voller Hoffnung den Großvater seine Brieftasche aus der Jacke hatte ziehen sehen, war kaum eine Stunde vergangen. Als sie nun über die Wächterswinkler Straße nach Hause hastete, hatten sich ihre Gefühle völlig verändert.

XIX

Die Geschichte holt jetzt ein wenig Luft, wenn erzählt wird, wie Barbara am anderen Morgen vom Wecker zur üblichen Zeit wach gemacht worden ist. Sechs Uhr. Irgend jemand mußte ihn ihr noch während der Nacht gestellt haben.

Während sie sich im Bett aufgerichtet hat, ist ihr schon aufgefallen, jemand mußte im Zimmer aufgeräumt haben.

Auf ihrem Schreibtisch neben den Schulsachen noch die Flecken und Spuren vom nächtlichen Freßanfall.

Alles ist ihr wieder eingefallen. Bruchstückhaft und irgendwie zerrissen und zersplittert, während sie auf der Bettkante gesessen ist, die Hände vorm Gesicht.

Heulend und atemlos und tropfnaß, war sie unten in ihrem Zimmer angekommen.

Sofort den grünen Pullover runter und auf den Boden geworfen. Nein, hatte sie sich noch mit dem zusammengeknüllten Pulloverbündel übers Gesicht gewischt, über die Haare. Und geheult natürlich. Genauer gesagt, so ein schluckaufartiges Japsen.

Rüber in die Vorratskammer, wo die Mutter die Grundnahrungsmittel und Unverderbliches neben dem Eingemachten stapelte.

Das ist jetzt so hingesagt, was sie schließlich in ihr Zimmer rübergeschafft hat, was sie drübergeschichtet hat über die Bilder in ihrem Kopf, über ihren Schreck und ihre Verlassenheit und dieses Baumstumpfgefühl, das längst wieder da war.

Sie wollte nur noch schlucken und schlingen, sich die Backen ausstopfen und alles in sich hinunterrutschen lassen, damit zudecken, was da in ihr drin war an Erinnerungen.

Man sagt das jetzt so hin: zwei Dosen Tomatenfisch (mit Zugring zum Aufmachen), eine Packung Knäckebrot, ein knappes Glas eingemachter Pflaumen. Die Kekse dann hat sie nicht mehr alle geschafft.

Jedenfalls, als das alles über ihre Zunge gegangen, das alles, gekaut und kleingebissen, irgendwo in ihr drin war, ist sie wie ohnmächtig ins Bett weggekippt, und fast augenblicklich hat ihr der Schlaf das Bewußtsein ausgeknipst.

Daran hat sie sich erinnert, als sie am darauffolgenden Morgen kurz nach dem Weckerläuten automatenhaft begonnen hat, sich für die Schule zu richten.

Und sie hat gesehen, irgendwer hatte in ihrem Zimmer nachts aufgeräumt.

Und sie hat gesehen, schlaftrunken, betäubt und kopfschwer, neben ihrer Tasche auf dem Schreibtisch lag etwas. Blau. Länglich.

Es war ein Kuvert, in dem sich genau jener Geldbetrag befand, um den sie den alten Mann dort oben im Gartenhaus gebeten hatte.

Lange stand sie da, starrte auf das Kuvert.

Kleinigkeiten sind es oft, reine Belanglosigkeiten, die Bedeutung gewinnen. Ein Geräusch vielleicht, ein, zwei Worte, nur so hingesagt, und doch können sie alles verändern.

Barbara vernahm dann von oben freundlich mahnend die Stimme der Mutter, es sei Zeit. Wäre das nicht gewesen, sie hätte wohl ein paar Sachen zusammengerafft, hätte das Geld genommen, wäre hinunter zur Straße, um mit dem nächsten Auto wegzukommen aus Erlhofen. Vielleicht nach Fleckwild. Vielleicht woandershin. Wer weiß das schon.

Ein paar Atemzüge und diese gedehnt, beinahe singend aus der Küche gerufenen Worte Frau Sedlatschecks. Sie schoben sich vor und zwischen eine denkbare Flucht. Auch später noch hat sie diesen Morgen nach dem Gartenhausfiasko als eine Weiche bezeichnet, die jederzeit in eine andere Richtung hätte schnappen können.

Nach der Schule ging sie zum Postamt nach Bürg, machte aus dem Geld, das sie am Morgen in ihrem Zimmer vorgefunden hatte, ein flaches Bündel und faltete eine aus einem Heft gerissene Seite drum herum, auf der sie für Jack ein paar Liebessätze hinkritzelte. Hoffnungssätze auch, die seinen Besuch betrafen. «Per Expreß», sagte sie am Schalter. Dann versuchte sie ihn von der Post aus anzurufen. Beim erstenmal blieb sie irgendwo im Gestrüpp des Telefonnetzes der Amerikaner hängen. Beim zweitenmal kam sie ein bißchen näher an seine Dienststelle heran, wurde aber schließlich von einer barschen Offiziersstimme aus der Leitung gedrängt.

XX

Und Barbara geriet weiter in ihre Geschichte, in die Ereignisse jener Tage hinein, genauer gesagt, die Dinge kamen auf sie zu, wie man vielleicht, bei entsprechender Wetterlage oben in der Hochrhön von einem Berggipfel aus, die Wolkenwalzen heranbranden sieht und weiß, gleich hüllen sie einen ein. Gleich ist die Sicht weg, wird es düster, verdunkelt sich die Sonne, und dann wird man sehen müssen, wie man weiterkommt.

Bevor dann am anderen Tag, Freitag, den 11. Juli, fünf vor vier Uhr nachmittags vor ihrem Haus der Pfiff ertönte, der ihr Herz sofort höher schlagen ließ, saß sie noch an einem Brief an Jack. Es sollte eine Liebesantwort auf seinen Brief werden, dachte sie. Auf seinen Brief, in dem er all jene Worte ausgesprochen hatte, die sie im Zusammenhang mit sich, mit dieser siebzehn Jahre alten, dicken, unförmigen Barbara Sedlatschek, dem Körperklotz mit ihrem Kopf drauf, noch nie vernommen hatte.

Sie müsse jetzt nur um so fester zu ihm halten, dachte sie in diesen Stunden immer wieder. Und oft auch kam ihr Lore in den Sinn, die gesagt hatte, wenn man einen liebe, müsse man das aushalten. Und der Schmerz, der sei gar nichts.

Lore, die wohl auf dem Heimweg von Würzburg oben im

Bienenland Licht gesehen hatte und sich vielleicht nur ein bißchen hatte unterstellen wollen.

Ich hab jetzt eine Lieb, Lore, wiederholte Barbara in Gedanken immer wieder. Das, was ich mit ihm erlebt hab, als ich fort war. Und dann schau, sein Brief. Wenn einer so zu dir ist und so zu dir redet, für den machst du alles. Noch dazu, wenn du eine Wamperte bist. Und eine, die sich auf einmal auch nimmer auskennt mit ihren Leuten. Manchmal schien es ihr, als beruhigten sie diese Gedanken. Als wären sie eine Art gläserner Gewißheit.

Und dann Vikis Pfiff. Vielmehr ihr gemeinsames altes Erkennungspfeifen, das plötzlich vor dem Haus erklang. Barbara sah ihren Bruder Viktor in seiner verdreckten und verschwitzten grünen Militärmontur. Er angelte seine Tasche vom Rücksitz eines schweren BMW, an dessen Steuer ein anderer Soldat saß.

«Horst, bis morgen um dieselbe Zeit. Holst mich dann hier ab. Das schaffen wir schon.»

Der andere ließ Reifen quietschen, brauste den Chrysanthemenweg hinunter und davon.

Viki dann. Sein Kumpel müsse noch bis Fulda. Sonst hätte er ihn schon vorgestellt. «Schwesterchen, grüß dich.»

Warum nur ist er um so vieles älter als ich, schießt es ihr noch durch den Kopf. Wenn er noch daheim wär, wär dann nicht alles anders?

Und dann umarmte sie ihn schon, drückte ihr Gesicht in den Stoff seiner grünen Drillichjacke.

«Mensch, Viktor, schön, daß du da bist.»

Viktor. Zum erstenmal in ihrem Leben nannte sie ihn so, redete sie ihn nicht mit dem «Viki» an, das in der Familie üblich war.

Ob sie ihn zu Boden reißen wolle? So viel Kräfte habe er heute auch nicht mehr.

Nein, die Mutter sei nicht daheim, antwortete sie dann. Der Großvater unterwegs. Honigtour vermutlich. «Wie lange kannst bleiben?»

«Hast ja gehört, bis morgen.»

Im Wohnzimmer ließ er sich in den Sessel krachen, brummte irgendwas von Heimatluft, von Wieder-mal-Daheimsein, wurde mit einemmal für sie zu einem gutmütigen, liebenswerten, grüngekleideten Riesen. Und die Beine hatte er weggestreckt, als müsse er diese klobigen schwarzen Schnürstiefel wie Pflöcke in den altvertrauten Wohnzimmerteppich rammen.

«Erst mal duschen», sagte er nach einer Weile, rührte sich aber nicht. Man sei auf Lehrgang in Lagerlechfeld, murmelte er dann geistesabwesend, und sie beobachtete, wie er sich im Zimmer umschaute, als habe er's ein halbes Leben lang nicht mehr gesehen und vermißt, irgendwie.

Zwei Tage Urlaub. Heimat tanken. So was brauche man im Dienst, sagte er. «Manchmal braucht man das einfach.»

«Hast Hunger?»

Er schüttelte den Kopf, ließ zum wiederholten Mal die Augen über die Tapeten, die Stühle, den Tisch wandern.

«Kaffee?» – Ein Bier wär ihm lieber. Aber das habe Zeit.

«Ja, ich richt dir dann gleich das Bad, Viktor.»

Wieder sein Name, den sie früher so nie ausgesprochen hat.

Sie stand an der Tür, wartete ab, ließ ihm Zeit. Sie spürte, wie der Bruder gleichsam ein Bild des Wohnzimmers in sich aufnahm, als müsse er es für alle Zeiten speichern, um es dann in irgendwelchen Momenten, in denen er so etwas nötig haben mochte, hervorholen zu können.

Die Augenblicke tropften weg, und dann, wie sie in der Tür stand, den Bruder anschaute, fragte sie sich, ob sie jetzt nicht anfangen müßte. Nur so ein bißchen von sich reden. Ereignisse und Erlebnisse aus sich herausreden. Und der dort, ihr Bruder, der doch einen Panzer fuhr, wenn er Dienst tat, und den Leuten Befehle gab, der müßte doch sagen können, wie und was und warum.

Als Kind hatte er einem doch auch immer helfen können, hatte Dinge gewußt, die man selber nicht kapierte. Wie oft hatte er einem den Arm um die Schulter gelegt: Schwesterchen, was ist los mit dir heute?

Ja, dachte sie, würden die Ereignisse der vergangenen Tage nicht zu irgendwie lächerlichen Kleinigkeiten schrumpfen, wenn er darüber redete? Würde er sich nicht alles in Ruhe anhören und dann sagen: Schau mal, so und so, und das ist doch alles Quatsch, und den alten Deppen werd ich mir vorknöpfen, was sich der einbildet.

Barbara hätte schon reden wollen. Aber irgend etwas tief in ihr drin machte sie stumm, blockierte auch. Und als sie nichts über sich und ihre Probleme herausbrachte, kniete sie sich eben plötzlich vor ihren Bruder hin und schnürte ihm die wadenhohen Soldatenschuhe auf.

Und sofort war dann auch wieder die Erinnerung an die amerikanischen Militärpolizisten in Sallys Wohnung da. Die hatten ähnliche Schuhe, waren damit im Flur drohend auf und ab gegangen. Und auch Jack trug manchmal Schnürstiefel dieser Art.

«Rein in die grüne Hölle», sagte Viktor kurz darauf in der Badezimmertür und lachte. Ob sie's noch wisse, damals, bei Hausarrest?

Und abermals, nur stärker, drängender, war da dieser Redehunger, dieser Heißhunger nach Worten, dieses Sprechverlangen. Das war wie in jenem Moment, als sie ins Auto des Großvaters rein ist, auf ihrem Ausreißerheimweg, und ihm sofort hatte das Herz ausschütten wollen – und nur diesen wortlosen Schmerz gefühlt hatte. Oder so wie bei Lore im Stall, der sie ja auch ihren Jack hererzählen wollte, und dann konnte sie nicht rausfinden aus ihrer Stummheit.

Und so flog auch dieser Moment vorbei, und nichts. Sie kriegte keinen Satzzipfel zu fassen, mit dem sie ein Gespräch mit dem Bruder hätte auf das hinlenken können, was sich zugetragen hatte. Mit ihr und in ihr.

Viktor ahnte wohl nichts. Blickte sie nur einmal, die Tür schon halb zu, an und meinte, sie habe sich verändert. Sei im Gesicht hübscher geworden. «Daß du keine Hopfenstange bist, mich als Bruder hat's nie gestört.»

«Vik ...» setzte sie nun doch an.

Ja, Vik war gut, paßte jetzt zu ihnen beiden. Vik oder Viktor.

Doch da war der Bruder schon im Bad verschwunden.

Sie macht sich im Flur zu schaffen, wollte ihm nah sein, schickte nach einer Weile schließlich doch so was wie einen Gesprächsversuch zu ihm hinein: «Vik, ich bin weg gewesen. Weißt du's eigentlich?»

Vater habe ihm davon geschrieben, schnorchelte es von drinnen. Darüber sollte man mal in einer ruhigen Stunde reden. «Grundsätzlich, Barbara.»

Dann, ins Wasserrauschen hineinbrandender Gesang: «Wir wollen zu Land ausfahren, über die Fluren weit ...»

XXI

Hier erzählt jemand, der Fäden knüpft und aufdröselt und verbindet und wieder zusammenführt, also ein Netz macht, in dem sich etwas verfangen soll; für jedermann sichtbar. Jemand erstattet hier Bericht, weil er glaubt, es käme immer mehr auch auf die Chronik des Ichs, auf die verborgenen Seelengeschichten des einzelnen an. Geschichten reden an gegen den Glauben, daß das, was dir und dir und mir widerfährt, keine Bedeutung habe, im Ablauf des Großen und Ganzen.

Also seien hier beschrieben die Angelegenheiten eines Mädchens, siebzehn, mollig (wenn man's mild sagt), tonnenhaft (wenn man will), dick also, mit viel Gewicht auf den Knochen. Die Angelegenheiten eines Mädchens also, mit diesen stumm machenden Anfällen von Baumstumpfgefühl. Und auch wieder mit Momenten, da es meint, eine andere Art Schönheit in sich zu spüren als jene glatte, wohlproportionierte Allgegenwartsschönheit der Frauenfotografien überall.

Die Geschichte eines Mädchens wird erzählt, das wieder heimgekommen ist, weil da diese Sehnsucht war nach einem anderen Leben, das jetzt endlich anfangen sollte, in das es hineingehen wollte, lachend irgendwie.

Und dann diese Beklemmungsanfälle.

Diese Schreckensminuten, als es sah, hinter den Gesichtern der Erwachsenen tauchten abermals Gesichter auf. Und es sich nur mit seinen ewigen Eßanfällen über seine Verwirrung hinaushelfen konnte. Dieses Mädchen ist Barbara Sedlatschek.

Sie ist diejenige, von der wir hier sprechen, und so sei jetzt ein Bild davon gegeben, wie es wenige Stunden nach der Ankunft von Barbaras Bruder am Abend jenes Freitags, 11. Juli, war.

Um halb neun Uhr abends befand man sich oben in der Rhön im *Waldhotel*: Barbara, der Großvater, Herr und Frau Sedlatschek, Viktor.

Das Hotel bot alles, mehrere Restaurants, Sauna, Schwimmbad, Appartements. Es thronte bugartig auf einem der Berge und ließ seine Gäste durch Fensterzinnen weit hinaus ins Land blicken.

Es war allgemein bekannt, wer in der Gegend mal was feiern wollte und sich's leisten konnte, der ging gelegentlich dort hinauf in diese Komfortburg, und an diesem Abend wollte sich die Familie das *Waldhotel* eben mal gönnen.

In dem Restaurant schwamm von der Decke her indirektes Licht, ließ Gläser und Besteck funkeln und schuf so eine Stimmung, halb Feierlichkeit, halb Gemütlichkeit. Und obwohl Barbara am Abend zuvor noch zutiefst erschrocken und verzweifelt aus dem Gartenhaus im Bienenland fortgelaufen war, obwohl sie am Nachmittag doch so gern von sich gesprochen hätte und doch dem Bruder gegenüber die richtigen Worte nicht gefunden hatte, war sie nun guter, fast heiterer Stimmung.

Nachdem man Platz genommen und bestellt hatte, blickte sie sich um, als müsse sie sich vergewissern, daß man tatsächlich hier friedlich und wohlgelaunt beisammensaß.

Ja, sagte sie sich nach einer Weile, dort, der Großvater, sein braungebranntes Gesicht unterm weißen Haarschopf und wie er Haltung bewahrt: wählt mit Kennermiene aus dem Zigarrenkistchen aus, das ihm der Ober hinhält, entschuldigt sich schmunzelnd, daß er schon vor dem Essen eines dieser Zigarrenwunder neben seinem Teller liegen haben wolle.

Was ist denn geschehen in der Nacht, überlegte Barbara, während sie diese mild und versöhnlich stimmende, lichtdurchtränkte, musikdurchrieselte Gastlichkeitsatmosphäre in sich einströmen ließ.

Sie hatte ein bißchen getrunken gehabt. Und der Großvater hatte vielleicht auch zuviel getrunken. Und dann hatte er sich danebenbenommen. Mehr war das doch nicht. Na schön, ein alter Mann, den man sein Leben lang gemocht hatte, der einem immer geholfen hatte, der hatte dort oben in seinem Gartenhaus ein paar Sexmagazine rumliegen. Und seine Hände hatten plötzlich eine andere Art Zärtlichkeit versucht. Schön. Welche Bedeutung hatte das schon im Vergleich zu dem, was man mit dem Großvater erlebt hatte? Früher. Als Kind. Und dann das Geld heute morgen am Schreibtisch. Das war doch wieder der Opa Ulrich, wie sie ihn immer gekannt hatte.

Und während sie beobachtete, wie die Eltern und der Großvater einer Manövergeschichte Viktors zuhörten, da machte sie weiter mit ihren Beschwichtigungsgedanken, denen sie mehr und mehr bereit war nachzugeben.

Vom Nachbartisch her rollte gedämpftes Lachen, und sie sah, wie hübsch die Mutter heute abend wirkte.

Die Sache im Bad. Aber dann auch wieder solche Liebesmomente wie bei Kosmetik-Lutz. Und, dachte sie, war es denn wichtig, was sich da zugetragen haben mochte, als sie nachts zitternd im Flur gestanden war? Ging sie, die nun bald erwachsene Tochter, das überhaupt etwas an?

Ihre Gedanken drehten sich weiter, hakten ineinander. Hatte nicht auch Jack neulich am Telefon so eine Stimme gehabt, wie sie es bei ihm noch nie vernommen hatte? Als wäre auch hinter diesem Tonfall etwas, was sie noch nicht kannte? Und doch, klar, sie liebte ihn. Dieser Brief! Und jetzt noch ein zweiter, den sie hier in ihrem silbernen Abendtäschchen hatte, in dem er auch schrieb, das Geld sei angekommen. Und diese Glücksmomente mit ihm!

Und da sprang Barbara ab von ihrem Gedankenkarussell, wollte nicht mehr grübeln, schaute auf, blickte zu Viktor, der in Ausgehuniform dasaß und mit der Zigarre des Großvaters jetzt gerade irgendwas Militärisches demonstrierte.

In langen Debatten hatten ihn der Vater und der Großvater überredet, die Uniform anzulegen, bis Viktor eingelenkt hatte: «Schön, wenn's euch Spaß macht.»

Ja, so mußte man es machen. So wie Vik, dachte sie und hörte, wie der Großvater den Bruder jetzt in eine Debatte über den Einsatz von Fahrradregimentern im letzten Krieg verwickelte. «Kossak hat ja auch für solche Militärregimenter Zubehör geliefert.»

Der Ober brachte die Vorspeise.

«No, wir haben allerhand Grinde, daß wir uns wieder mal in einem feierlichen Rahmen zusammengesetzt haben.»

Noch bevor das Hauptgericht aufgetragen wurde, hatte Herr Sedlatschek sein Weinglas ergriffen und blickte alle der Reihe nach erwartungsvoll an. Und dazu ließ er sein Böhmisch summen und singen.

Zuerst so ein Versöhnungschoral über sie, die Tochter: Daß man sich freue ... Den Weg ins Elternhaus zurückgefunden ... Vernunft angenommen ... Habe versprochen, daß sie sich bessern wolle. Und so weiter. Solche Töne.

Sie nickte zwischen die Sätze hinein, mochte dem Vater aber nicht in die Augen blicken, was dieser, das spürte man fast körperlich, als Lohn für seine Versöhnungsbereitschaft erwartete. Statt dessen starrte sie nur auf den Fuß des silbernen Kerzenleuchters, der zwischen ihnen am Tisch stand und unten so eine knollenartige Verdickung aufwies.

Die Mutter bekräftigte mehrmals die Versöhnungsrede des Vaters. Von Großvater kam nur wiederholt ein vieldeutiges Räuspern, was Barbara unwillkürlich Röte ins Gesicht hinaufflammen ließ.

Und dann müsse man natürlich feiern, daß «unser lieber Bub» mal wieder zu Hause sei, der Herr Leutnant.

Viktor schickte ein Schmunzeln über sein Gesicht.

Man vernahm jetzt, daß Herr Sedlatschek von dem zwischen seinen Worten dick und bauchig herausquellenden Hoffnungsgefühl mehr und mehr mit fortgerissen wurde: in so was wie eine rosarot zwischen ihnen allen über den Tellern und Gläsern und dem säuberlich aufgereihten Besteck hin und her wabernde Familiengemeinsamkeit.

Da hinein ließ er die Rakete steigen: Bevor er mit allen anstoße, wolle er seiner Familie aber noch sagen, daß er praktisch ... sozusagen ... na ja, befördert worden sei. «In gewisser Weise.»

Frau Sedlatschek jubelte das Wort «Filialleiter» geradezu über den Tisch hinaus. Barbara sah ihre Augen strahlen.

«No ja, bitte scheen», man solle es einstweilen noch für sich behalten, bis es offiziell sei. «Es wird ja ohnehin zuviel getratscht über uns.»

Des Großvaters Gratulation kam respektvoll daher, sozusagen von Mann zu Mann. Viktor betonte, das freue ihn wirklich sehr, wirklich. Die Mutter hatte dem Vater schon einen Kuß auf die Wange gegeben, sich an ihn geschmiegt und jungmädchenhaft untergehakt.

Von ihr, das merkte Barbara jetzt, erwartete man auch etwas. Aber mehr als ein «Vater, toll, ganz toll» brachte sie nicht heraus, was ihr auch gleich hölzern und irgendwie trampelhaft vorkam. Aber sie wollte sich davon ihre gute Stimmung nicht mies machen lassen. Sie hatte nun wirklich keine Lust, nicht auch mitzuschweben auf dieser Familiengemeinsamkeitswolke.

Vielmehr hatte sie beim Anstoßen und mit den nunmehr immer fröhlicher und gelöster werdenden Gesichtern ihrer Leute um sich her plötzlich den Wunsch, Jack sollte jetzt mit dabeisein. Sollte zumindest sie jetzt sehen.

Und ein bißchen weniger baumstumpfhaft-unförmig kam sie sich jetzt schon vor. Sie wußte, das neue Lutz-Make-up stand ihrem Gesicht gut. Die Haare waren duftig gewaschen. Und machte das lange, schwarzrote, tief ausgeschnittene Wickelkleid nicht tatsächlich etwas her? Klar. Und hatte nicht der junge schwarzhaarige Kellner vorhin Blicke geworfen, in Richtung ihres jetzt sexy und fraulich wirkenden Dekolletés?

Sie spürte es, das Schwere an ihr, das Plumpe, Klotzige, Niederdrückende, schien hier, in diesem festlich und mild beleuchteten Restaurant des *Waldhotels*, weggeblasen.

In ihren vor Aufregung geröteten Wangen und den Lichtblitzen der Kerzen in den Augen, strahlte da nicht etwas von jener Schönheit aus ihrem Inneren heraus, von der die alte Lore gesprochen hatte?

Beim Essen und Weiteressen sank Barbara immer weiter in eine angenehm süße Seelenmüdigkeit hinein. Nur einmal fiel ihr ein, sie würde den Eltern noch sagen müssen, was Herr Stollmann ihr morgens in der Schule mitgeteilt hatte, aber sie schob den Gedanken gleich wieder beiseite.

Vik fragte sie etwas. Sie lächelte nur, schwamm weiter wortlos davon auf dem Wohlgeschmack der verschiedenen Speisen.

Dieses Hirschsteak mit Pfifferlingen und Kroketten verfehlte nicht seine Wirkung: Gabeln. Schlucken. Schmecken. Zufrieden werden. Diese Augenblickszufriedenheit herausströmen fühlen, von dort her, wo das Sättegefühl freundlich blubberte. Von der Zunge her, vom Gaumen her, wo der milde, pikante Geschmack der Speisen, des Fleisches, der Soße, des so raffiniert angerichteten Salates seine Farben aufleuchten ließ. Es war schön, schön, dieses Familienessen oben im *Waldhotel*. Und einmal, als Barbara von ihrem Teller aufschaute, die geröteten Gesichter der anderen sah, wünschte sie sich wieder Jack her, nur sehnlicher jetzt; und da hätte sie alle, den Vater, die Mutter, Viktor und den Großvater, am liebsten an den Händen nehmen wollen.

Um drei Viertel zwölf Uhr brach man auf. In der Dunkelheit, unten im Tal, war das Lichtgesprengsel der Dörfer. Herr Sedlatschek ließ den Opel Ascona in die Serpentinen hineingleiten. Neben ihm, neben dem Vater, der Barbara den ganzen Abend über gelöst und ihnen zugehörig erschienen war wie selten zuvor, hatte der Großvater noch immer Viktors Uniformbarett auf seinem schlohweißen Haarschopf sitzen. Angesäuselt, wie er war, und nach Zigarrenrauch dampfend, beschwor der Alte Kossak-Zeiten. Niemand hörte ihm zu. Hinten Viktor, «zwischen unseren Mädchen», wie der Großvater lallend gewitzelt hatte. Barbara war froh. Sie hätte, trotz allem, nicht sagen können, wie sie sich gefühlt hätte, dicht an dicht mit dem weinseligen Großvater etwa.

Nachdem man eine Zeitlang schweigend – bis auf den Großvater, der die Nacht hinter den Scheiben mit seinen alten Geschichten fütterte – gefahren war, erkundigte sich die Mutter halblaut nach der Fahrtüchtigkeit des Vaters. Ungewöhnlich liebevoll, wie Barbara zu vernehmen meinte. In einem Ton, wie ihn die Eltern selten miteinander hatten.

Als Viktor nach der Schule fragte, wehrte Frau Sedlatschek ab.

«Andermal, Viki, war so ein schöner Abend heute.»

Doch Barbara war froh um das Stichwort, sie sagte den Eltern rasch und erleichtert, was sie von Konrektor Stollmann erfahren hatte. Nämlich, daß die Sache, ihr Fall, nicht ausgestanden sei, keineswegs. Die Lehrerkonferenz habe getagt, aber man habe eine Entscheidung über Unterrichtsausschluß oder nicht vorerst mal für ein paar weitere Tage verschoben. Viele der Lehrer wollten so was nicht entscheiden, ohne die Meinung von Rektor Höger gehört zu haben. Und der werde ja demnächst wieder gesund sein. «Herr Stollmann hat gesagt, er hält auch nicht für falsch, daß man sich vertagt hat, erst mal ein bißchen Zeit gewinnen, damit ich zeigen kann, was ich jetzt von der Schule und so weiter halte und wie ich da mitmache. Ein paar Lehrer sind aber ganz schön gegen mich, hat er gesagt.»

Die Mutter seufzte erleichtert. Freundschaftlicher Druck von Viktors Arm. Der Vater lobte, nickte auch vielsagend. Nur der Großvater wollte es schon immer gewußt haben, daß «unsere Barbara das wieder hinbügelt».

Hinter Fladungen wollte Herr Sedlatschek Spätnachrichten ins Radio drehen. «Vielleicht bringen sie was vom Sudetendeutschen Tag in Regensburg.»

Kam aber nur Pop von Bayern-Drei und plötzlich die Tom Jones-Stimme mit diesem Lied. «Oh, laß mal, stell bitte lauter.»

Plötzlich war alles wieder da. Stand alles wieder vor ihr. Aber wie hätte sie es den anderen auch erklären sollen?

Wie Sally schildern? Die Wohnung und dann der Moment, als die MP in den Flur hereingepoltert kam?

Vik? Vielleicht. Der hätte sie vielleicht verstanden.

Sie habe sich diesen englischen Schlager übersetzt und ein wenig umgedichtet, sagte Barbara.

«Das alte Haus sieht aus wie eh und je, als ich vom Bahnhof heimwärts geh. Und wer dort kommt, das ist mein Vater, meine Mutter ... Oh, es ist wunderschön, das grüne, grüne Gras der Heimat wiederzusehn ...»

Plötzlich waren dann drei, vier, fünf Geländemotorräder aus einem Waldweg herausgeschossen und voll in die Fahrbahn des Ascona hineingerast.

Herr Sedlatschek mußte hart in die Bremse. Der Wagen schleuderte, fing sich aber.

Man sah schwarzgekleidete Gestalten mit Helmen hinter den weggespreizten großen Lenkern. Dann ein Traktor in voller Fahrt, wie er auf die Straße hereinkam. Dahinter weitere Motorräder mit vermummten Gestalten. Die Sedlatscheks wurden mehrmals drohend umkurvt, dann schoß der lärmende Spuk in der Dunkelheit über der Straße davon. Die Lichtkeile schlossen zu den roten Punkten des Traktors auf.

XXII

Noch einmal wird die Geschichte still, atmet sie langsamer, ehe die Ereignisse, die folgen sollen, alles durcheinanderwerfen. Barbara und Georg Rösch, sie hatten sich tags zuvor, halb im Spaß, halb im Ernst, verabredet – sie saßen also am Dienstag der darauffolgenden Woche um sechs Uhr herum hoch und weit überm

Hasenwäldchen an einer vorspringenden und flugwindgünstigen Stelle des Erlhofener Tales.

Dazu muß auch beschrieben werden, wie es wirkte, wenn man dort ins Tal hinausschaute, die Augen vielleicht ein bißchen zusammenkniff. Wie das, was jetzt dort draußen, hoch überm Gewoge der Felder, dieser Gegenstand, auf einmal so was wie, sagen wir mal, der Traum vom Leichtsein, vom Schwerelossein wurde.

Es glitt auf der Luft, von Georg mit kaum wahrnehmbaren Fingerbewegungen über ein schwarzes Kästchen gesteuert.

Dann wieder nichts als ein wolkenhaftes Dahinziehen in gehauchten Kreisen, als reichte schon ein Gedanke in Georgs Kopf, um das Gebilde zu lenken.

Luftschleifen. Unsichtbare Lufthügel hinauf, wie Barbara zu sehen meinte. Auf der Kuppe wegsinken, einen Luftabhang hinunter, ins Wellental. Als hätte nichts auf der Welt Gewicht. Und Barbara stellte sich vor, wie sie da neben Georg Rösch im Gras saß, sie flöge da mit durch die Luft ohne auch nur ein Gramm Gewicht. Wegschweben vom Boden, dachte sie, während sie weiter Georgs Flugmodell draußen beobachtete, und hinaus ins Tal: halb rechts, in großer Entfernung, die Dächer von Erlhofen und, näher, aber doch auch weit unten, die grauen Dächer des Eisenbrandhofes.

Sie haben anfangs nicht viel gesprochen. Ab und zu ein Wort, auf das dann der andere vielleicht nur ebenso halblaut Antwort gegeben hat. Mehr war nicht nötig.

Georg, mit dem Kästchen der Fernsteuerung in den Händen. Blick und Antennenspitze folgtem dem Flieger. Nicht mal wenn er zur Bierbüchse griff, ließ er den Blick vom Vogel.

Und sie, dann doch irgendwie zusammengekauert neben ihm. In der Stille kamen und gingen ihre Gedanken. An Vik einmal und wie er wieder abgereist war, ohne daß sie tatsächlich mal ernsthaft ins Reden gekommen wären. An die Aufgeregtheit des Vaters, am Sonntag dann, kurz bevor die Eltern zu dem Besuch bei Fialas aufbrachen, und ihr schien, als wäre doch etwas zurückgeblieben zwischen den Eltern von dem Abend im *Waldhotel*.

Lange schaute Barbara zur Fuchsmühle hinunter: aus der Entfernung nur ein paar längliche Schachteln, daneben der dunkle Strich der Straße, der darauf hin- und davon weglief. Das spinnwebfeine Geglitzer der Wasserfontänen, die die dunklen Stapel der Baumstämme besprühten. Wieder war es ein warmer Tag.

Und während sie still und zusammengekauert neben Georg im Gras saß, griff ihr auf einmal eine Sehnsucht ans Herz, daß sie hätte aufschluchzen mögen.

Vielleicht auch hing's mit dem zusammen, was sie da vor sich sah: drüben am Horizont die Berge wie Riesenelefanten; die Dörfer, die sie alle mit Namen kannte; Erlhofen, mit dem aufragenden Würfel von Kossaks Bürogebäude; der Kirchturm; die «Siedlung».

Dann dachte sie auch an Jack und daß sie ihm das alles irgendwann einmal zeigen wollte. In Ruhe zeigen wollte. Dort, schau. Und das da. Und dort drüben. Und vielleicht wäre das dann, hat sie gedacht, ein Anfang von allem.

Warum er denn seinen Flieger neulich verbrannt habe?

Sie sehe doch, er habe mehrere.

«Warum baust 'n keine mehr mit Motor?»

Zu laut. Da sei er jetzt dahintergekommen. Und der Motor nehme ihnen die Eleganz. Die stummen Flieger seien ihm jetzt lieber. Mit Motoren habe er ja bei Kordeuter den ganzen Tag zu tun.

«Warum fragst?»

«Darum.»

Ob er ihn zur Grenze rüberfliegen lassen solle? «Da, schau, dort unten der Amipanzer fährt auch nüber.»

Man konnte am Rande eines Tannenwaldes den grünbraunen Panzer sehen. Von hier oben war er nicht größer als eine Schachtel. Und jetzt hörte man das Rasseln der Ketten.

«Könntst ihn zur Grenze rüberfliegen lassen?»

«Vielleicht. Wenn ich wollt.»

Dann sah sie den Panzer unten abbiegen, in die Wand des Waldes hineinbrechen.

Warum hatte sie nie erfahren, ob er in solchen Dingern fuhr? Sie würde ihn danach fragen, wenn er kam, am Samstag. Heute war Dienstag. Samstag also. Sie würde ihn überhaupt eine Menge Sachen fragen müssen. Wegen des Geldes auch. Warum es damit so dringend war. Und dann würde sie ihn, obwohl sie's ja wußte, es wieder und wieder gelesen hatte in seinen Briefen, würde sie ihn fragen, «do you love me, Jack, darling?»

«Denkst an deinen Freund?»

«Hmmm.»

Man konnte sehen, wie Georg sein Flugmodell, das jetzt als kleines Kreuz in großer Höhe hing, auf den Kopf stellte, in einer Schraube zur Erde stürzen ließ, bis er es schließlich abfing, auf ebenen Kurs lenkte.

«Schmeißen sie dich von der Schule?»

Sie glaube nicht. Im Augenblick sehe es gar nicht so schlecht aus.

«Und du? Bei Kordeuter?»

Vielleicht fliege er. Vielleicht nicht. «Zur Zeit brauchen sie jeden Mann. Ich müßt halt mal aufhören ...» Er deutete mit dem Kopf zur Bierbüchse, der er im schrägen Gelände hinter seinem Werkzeugkasten Standplatz gegeben hatte.

«Und warum saufst du?»

Sie stelle schon mal Fragen.

Das Flugmodell glitt jetzt in langgestreckten Bahnen unter ihnen im Hangwind hin und her, sollte neue Höhe unter die Flügel kriegen.

Als sie nach ein paar Minuten fragte, wie das Steuern eines Flugmodells denn eigentlich gehe, antwortete er zuerst nur mit augenzwinkerndem Schalk: «Gehirnströme, Barbara, Gehirnströme.»

Sie rückte näher, kam hinein in seinen Bieratem, wurde sekundenlang auch wieder unsicher, verschämt wegen ihrer Arme, ihrer, wie sie meinte, schwammig und aufgequollen wirkenden Haut, wegen ihrer Hände mit diesen dicken, runden Fingern daran, mit denen sie, wie er sagte, das eine der beiden Hebelchen auf dem Fernsteuerkasten bewegen solle. Er werde das andere übernehmen. Dieses Baumstumpfgefühl mit seiner anfallartigen dunklen Schwereempfindung drohte sie wieder einzufangen.

Dann war aber auf einmal seine Hand auf der ihren. Gemeinsam kippten sie die kleinen Steuerknüppel und draußen das Flugmodell damit in Rechts-, in Linksschleifen. Ging ganz gut, eine Zeitlang. Bis seine Finger, sein Arm scheue Annäherungsversuche machten. Sie fühlte es. Merkte es. Wollte es und gleichzeitig auch nicht. Alles ein bißchen wie bei Fidi Eisenbrand im Traktor. Aber doch anders. Und als sie schon diese beruhigende Zärtlichkeitswärme in sich aufpulsen spürte, die Finger und Armdruck hervorgelockt hatten, da holte sie sich rasch Jacks Gesicht her, den Klang seiner Briefsätze.

«Net, Georg. Ich hab doch 'nen Freund.»

Ja. Klar. Wisse er. Es sei bloß. «Schau mal, ich ...»

Den Satz ließ er hängen. Und nach der wie hellen und lichtdurchfluteten und gar nicht schlimmen Pause, in der sie seinem Armdruck die Zärtlichkeit nahm, meinte er nur: «Sollen wir ihn landen lassen?» Ernst. Und trotzdem nicht beleidigt.

Eine Viertelstunde später schieben sie das Moped und ihr Rad zur Wächterswinkler Straße hinunter, die sich dann in den Wald kerbt.

Mal für kleine Mädchen. Er solle mal halten.

Das tut Georg aber nicht, schiebt vielmehr beide, sein Moped rechts, ihr Rad links. Schiebt beide langsam voran. Denkt wohl über irgend etwas nach jetzt. Pfeift auch.

Dann sieht sie es.

Als sie zu dem Holzziehweg zurückkommt, der unten auf die Teerstraße mündet, sieht sie das Auto waldeinwärts in einiger Entfernung.

Sie erkennt es sofort in einem gleichsam unfreiwilligen Erinnern. Damals in Neustadt, an der Ampel. Ein flüchtiges, verwischtes Bild von einem vorbeiziehenden Wagen und einem Gesicht hinter der Scheibe. Ihr Gedächtnis hat das offenbar eingeschlossen. Jetzt ist alles wieder da.

Dort, undeutlich die Umrisse eines Mannes und einer Frau. Im Dämmerlicht. Im Wagen.

Sie wünscht sich, daß es nicht wahr ist. Es soll nicht wahr sein.

Und wie sie dasteht, hinstarrt, stürzen Bilder durch ihren Kopf. Das *Waldhotel* und wie sie alle fröhlich und mit geröteten Gesichtern dasitzen. Bilder sind da, die auftauchen, sich überschlagen, sich übereinanderschieben, während sie hinstarrt auf dieses Auto.

Die beiden schemenhaften Gestalten darin bewegen sich jetzt.

Die Frauenfrisur und die Art, wie in einem Auflachen den Kopf zurückzuwerfen, jetzt den Arm zu heben, erkennt sie wieder. Sie erinnerte sich.

Ob ihr schlecht sei? «Du bist ja käsweiß!»

Auf Georgs Gesicht spiegelte sich der Widerschein ihres eigenen Schreckens.

Sie schüttelte den Kopf. Wollte, dem Weinen nahe, nichts sagen. Saugte, biß die Lippen, flüsterte nur: «Komm, fahrn wir.»

«Mensch, Barbara, sag doch, was los ist?»

Sie wolle jetzt ganz schnell heim, runter in ihr Zimmer. «Bitte!»

Die Straße war wenig befahren, und während sie mit der einen Hand steuerte, hielt sie sich mit der anderen an Georgs Schulter fest, ließ sich vom Moped schleppen.

Man hätte meinen können, der Fahrtwind triebe Barbara das Wasser aus den Augen. Aber vielleicht kam das auch nur daher, daß sich dann dieses Wort «Verrat» in ihr ausbreitete, sie zwang, es sich wieder und wieder herzusagen: Verraten. Verraten.

Georg: Ob er zu schnell fahre?

«Fahr um Gottes willen zu!»

An einer Stelle hatte ein Gewittersturm einen Baum aus der Straßenböschung gebrochen. Schräg ragte das Wurzelwerk in die Luft. Und im Vorbeifahren sah sie, wie sich der fallende und stürzende Baum schräg in die Astarme der anderen Bäume geworfen hatte. Man könnte sich nun einen Autofahrer denken, der vielleicht hinter ihnen aufgetaucht wäre. Wie er vielleicht geschmunzelt hätte, auch seinen Beifahrer angestoßen: Zwei komische Vögel da vorn. 'ne Dicke im Schlepptau.

Der grüne Werkzeugkasten hinten auf Georgs Gepäckträger. Und halb verdeckt, aber elegant aus der Halterung ragend, die Teile seines zerlegten Fliegers. Daneben, versetzt, unter flatterndem Haar, in grünem T-Shirt, dieser breit sich wölbende Mädchenrücken. Ein fleischiger Arm, der sich an den Mopedfahrer hakte. Hinter ihnen blieb es still. Niemand hat gesehen, wie Georg das weinende Mädchen heimschleppte.

XXIII

Nichts anderes konnte Barbara jetzt tun als warten. Der Schultag fing sie ein mit den anderen im Bus, im Klassenzimmer und mit Vielmolts kleinen Augen in dem massigen Kopf. Als ihr Stollmann einmal im Flur begegnete, fiel ihr wieder die Sache mit seinen Haaren ein. Die wohlvertrauten Schulgeräusche nahm sie wahr, den sonderbaren Geruch und die Kühle, wenn man morgens hereinkam. Und da war Charlotte Fürst mit ihrem stets fröhlichen Mausegesicht, die ihr helfen wollte und doch nicht verstand; die ihr Bücher an richtiger Stelle aufschlug, wenn sich ihre Hände verhaspelten.

Hoppe, Englisch, grüßte sie mit seinem strahlenden, sympathischen Bartgesicht. Frau Kastins bot die stets neue Modenschau der schönsten Lehrerinnensätze.

Barbara klammerte sich jetzt an all das, empfand die Schule mehr denn je als ein bekanntes Muster von Zeichen und Signalen, denen man nur folgen mußte; und die Zeit verging. Oft war es ihr, als könne ihr hier im Schulhaus nichts wirklich Schreckliches geschehen. Aber ein Aufatmen war das nicht. Eher ein innerliches Festkrallen an das, was man kannte, ein Entlanglaufen auf bekannten, sicheren Wegen, auf denen sie nur dann die Orientierung zu verlieren drohte, wenn dieses Nervenbeben sie überfiel, das immer schlimmer zu werden schien, ihr unvermittelt Hände, Arme, der ganze Körper zu zittern begann.

Immerhin, eine Mathearbeit bei Vielmolt gelang ganz gut.

Sie hatte sich auch hinter den Büchern vergraben, versteckt. Froh war sie in diesen Tagen über jede Hausaufgabe, die sie aufbekam. Über ihren Fleiß konnte jetzt keiner der Lehrer klagen. Daheim war sie fast nur noch in ihrem Zimmer, wo sie sich einschloß.

Allenfalls zu den Mahlzeiten erschien sie oben, Mahlzeiten, bei denen sie rascher, gieriger aß als früher, sich Berge auf die Teller schaufelte, Nachtisch verlangte.

Den Fragen der Eltern wich sie auch. Halblautes Genuschel. Vage Handbewegungen in die Luft hinein.

Die Schule mache ihr zu schaffen, log sie. Das schlauche einen, wenn man so viel nachlernen müsse.

Den Kopf hielt sie in Gegenwart der Eltern meist gesenkt zwischen die Schultern hineingezogen, daß sie manchmal noch schwerfälliger, plumper wirkte. Kaum, daß ihr Blick mal jemanden streifte.

Nur der Großvater schien einmal zu ahnen, daß sich irgend etwas in ihr verändert haben mußte. Halblaut fragte er nach Lore. Aber da warf sie schon das Besteck hin, schob den Stuhl zurück. Nein, sie habe sie in letzter Zeit nicht gesehen. Ein besorgt-vorwurfsvoller Blick der Mutter folgte ihr. Wieder schloß sie sich ein, nahm Kekse und Cola und Obst mit hinunter.

Einmal war der Großvater hereingekommen. Barbara hatte die Kopfhörer aufgehabt und war an einem der Briefe an Jack gesessen. Genaugenommen waren es Zettel, herausgerissene Heftseiten, die überall im Zimmer verstreut lagen und auf denen sie immer wildere Sätze ihrer Zuneigung schrieb.

Der Großvater war in der Tür stehengeblieben, und sein Gesichtsausdruck hatte sie im ersten Augenblick daran erinnert, wie er manchmal beim Honigausfahren aus einem der Häuser gekommen war, mit seiner unverkauften Ware in der Hand.

Er hatte wohl auch etwas gesagt dann. Sie hatte es aber wegen der Kopfhörer, in denen jetzt so ziemlich pausenlos ihr Lied dröhnte, nicht verstanden. Auch nicht verstehen wollen.

Und dann, als der Großvater eine Handbewegung zur Türklinke hin machte, eine Geste, wie man sie macht, wenn man verlegen ist, war sie so erschrocken, daß sie mit weit aufgerissenen Augen zum Fenster geflohen war und sich an die Wand gedrückt hatte. Am Kopf die Hörer und das Kabel, das von ihr weglief wie eine Hundeleine.

Donnerstag nachmittag, Jack war am Telefon. Sie konnte aber nicht viel sagen, konnte nur in seine Stimme hineinhören.

Ja, er habe alles bekommen, und am Samstag um vier, und dann einer seiner Schmeichelsätze, daß ihr die Hände feucht wurden.

«Ja, ich dich auch», flüsterte sie schließlich.

Am anderen Ende der Leitung hörte man im Hintergrund Gelächter. Vielleicht spricht er aus dem Kasino oder dem Club, dachte sie noch und legte auf.

XXIV

Donnerstag abend, sieben Uhr, und Frau Sedlatschek fischte den Einkauf aus dem Netz. Barbara werkte neben ihr in der Küche, schichtete Geschirr ineinander und in die Maschine. Dabei wartete sie aufs Abendbrot, auf die Sättigungsruhe, die dann alles in ihr still machen würde.

Aus ihrer schon Tage dauernden Betäubung heraus wurde ihr hier, jetzt mit der Mutter allein in der Küche, auf einmal überdeutlich klar: So was wie «Muttel», so ein vertrauliches Kinderwort, würde sie zu der Frau da neben sich nie mehr sagen können.

Oder ist grad das haargenau verkehrt, fragte sie sich. Sollte sie sich nicht vielmehr der Mutter in die Arme werfen und beichten, was sie beobachtet hatte? Sagen: Du, das Auto, ich hab dich gesehen ... Vielleicht würde dann wieder jene verschwörerhafte Gemeinsamkeit zwischen ihnen sein, wie sie einen an jenem Samstag beim Einkaufen so erwärmt hatte. Nur noch viel tiefer jetzt.

Es könnte ja sein, alles hätte eine ganz einfache Erklärung und überhaupt nichts mit diesem Wort Verrat zu tun, das seit Tagen übermächtig in ihrem Kopf hockte. Das sie nicht mehr los wurde. Das sich Stunde um Stunde breitmachte in ihrem Bewußtsein und alles niederdrückte.

Und überhaupt, was sollte denn dieses Wort? Die Mutter benahm sich wie immer. Mehr noch. Suchte tatsächlich bei jeder Gelegenheit, zu ihr, Barbara, diesen Samstagvormittag-Einkaufs-Tonfall von Frau zu Frau.

Bestimmt hatte das alles eine ganz einfache Erklärung, ja. Oder dann eben eine komplizierte. Jedenfalls eine, die man ihr vereinfachen würde. So, wie man das für Kinder macht. Barbara hätte jetzt alles für eine solche Kindererklärung gegeben.

Die Stimme der Mutter holte sie zurück: «Schau mal, hier.» Sie habe schon mal die nötigen Sachen eingekauft, wolle ein paar Salate machen, «wenn dein Freund kommt». Wäre ohnehin das beste bei diesem warmen Wetter.

Klar doch. Und wie sich die Mutter um jenen freundlichen Ton bemühte!

Salat war in eine Zeitung eingewickelt. Da sah sie eine Anzeige, die ließ sie nicht los. Sie nahm den Salat heraus, strich's Papier glatt.

Diese Anzeige zeigte drei Frauen in schwarzen Kleider. Unter der ersten: «Dick. Sind Sie dick wie diese Frau hier?»

«Mollig», war unter dem Bild der zweiten Frau zu lesen. Und: Ob man ohne Probleme abnehmen wolle? Unter dem Foto der dritten war in dünner Schrift und groß und schön «Schlank» hingeschrieben und die Frage, ob man wieder so schlank werden wolle. «Gezielte Abnahme, nur da, wo es notwendig ist ... Straffung des Gewebes ... Wenn Sie mit Ihrer Figur nicht mehr zufrieden sind, sich Fettpolster und falsche Proportionen durch kleine Ernährungssünden gebildet haben, dann ...»

Hinterdrein das Wort «Garantie». Fettgedruckt. Und der Hinweis, auch in Zusammenarbeit mit der Parfümerie Lutz, Neustadt, würden diese und andere Schönheitsprobleme gelöst.

«Ist doch deine Marke.»

Die Mutter reichte ihr eine grüne Spraydose.

Barbara starrte auf die Bilder der drei Frauen, auf die Schrift. Und mit einemmal war ihr, als begreife sie, könne durch ihr Leben, wie es bisher gelaufen war, hindurchsehen bis auf den Grund.

Als sie sich einen Bund Radieschen griff, sich zwei davon

in den Mund stopfte, weinte sie schon. War schon hinausgelaufen. Das passierte ihr jetzt oft, so ein leichtes Losweinen ohne inneren Widerstand.

XXV

Anderntags lief Barbara nach der Schule zur Lore hinaus. Als sie sie schließlich im Feld gefunden hatte, wollte sie gleich drauflosreden, ohne Punkt und Komma.

Aber die Alte schickte sie runter zur Hecke, eine dort versteckte Harke holen, damit sie neben ihr arbeiten könnte. «Nur reden, das gibt's nicht, Barbara Sedla-a-tschek.»

Wieder hockte sich ihre Stimme so breit ins «a» hinein.

Warum sie denn in dieser Hitze eine solche Arbeit mache? Warum der Jungbauer nicht mit einer Maschine drüberfahre und fertig?

«Warum? – Darum. Ihr Jungen wollt's immer, daß alles schnell geht. Auf'm Feld und im Leben.» Die Rüben seien nur Beifutter. Da lohne es eine Maschine nicht, und trotzdem brauche man das Feld.

Barbara fühlte ein heißes Wischen im Gesicht, an den Armen. Die Hitze prallte von der Erde ab. Schwer und ungewohnt lag ihr die Harke in den Händen. Manchmal sah man auf dem blanken Metallblatt die Sonne blinken.

«Wegen deim Großvater, dem Ulrich, willst weg, wieder die Ausreißerei anfangen?»

«Vielleicht auch wegen dem. Und überhaupt.» Eigentlich wolle sie ja gar nicht weg. Genaugenommen. Aber ...

Wie wenn da plötzlich, mitten auf diesem hitzeglühenden Rübenacker, ein Wort das andere aus ihr herausgezerrt hätte, konnte sie da mit einemmal reden zu der Alten neben ihr. Reden? Erzählen? Es war mehr ein Herausstürzen dessen, was sie all die Tage gepeinigt und betäubt hatte.

Von allem erzählte sie, eine gute halbe Stunde lang, während sie und Lore zwischen den grünen Blattbüschelreihen der Bodenfrüchte nebeneinanderher arbeiteten. Nicht haar- und klitzeklein konnte sie der Lore alles schildern. Ging gar nicht. Weil's zuviel war auf einmal. Auch zu schnell gehen mußte in diesem plötzlich über sie hergefallenen Redeschub, den sie sich bei Viks Besuch so gewünscht hätte und der nun da war. Und die Lore ahnte ohnehin das meiste.

Als Barbara geendet hatte, schwiegen beide ein paar Minuten lang. Traktorbrummen, von irgendwoher. Ein Habicht schickte seinen Sichelschrei in den Himmel hinein, und ein zweiter folgte.

Am Ackerrand gewendet und jetzt talwärts geharkt, und da fragte die Lore, «bittschönbitt», ob sie denn meine, nur sie, Barbara Sedlatschek, stecke in einer Haut, in einem Körper drin, der einen zwicke und zwacke? Der mal dies möchte und mal jenes. «Und der Kopf und das Herz, die möchten und sollten halt ganz anders!» Ob sie ihr denn neulich nicht gesagt habe, man müsse eben die Natur verstehen. «Die, die in einem drinsteckt. Und die, die um einen rum ist.» Und was Schlimmes gäb's da nicht. Auch wenn man mal in ihrem Alter nicht mehr ganz verstünd, was die Erwachsenen täten. Nein, so ohne weiteres wolle sie da der Frau Sedlatschek nichts hinterhersagen. Und ob sie denn meine, der alte Ulrich, der habe nicht auch seine Wünsch? Was er dann mache, das sei dann, bittschön, eine andere Sach. «Soll er halt seine Weiberheftln anschaun.» Den Kopf habe sie, Lore, ihm jedenfalls gewaschen. Vor dem brauche sie keine Angst zu haben. Den kenne sie. «Den und seine Händ.»

Wieder schwiegen sie, bewegten sich harkend und hakkend das Feld hinunter. Und irgendwie glaubte Barbara schon zu verstehen. Aber gleichzeitig war da so eine Angst, daß dadurch alles noch komplizierter, verworrener würde und sie sich immer weiter entfernte von so einem hellen Lebensweg, von dem man wußte, das ist die Richtung.

Und dann begann Lore die Geschichte zu erzählen, die vierzig oder fünfzig Jahre zurücklag. Und wie sie anfing, spürte Barbara immer stärker das Bedürfnis, das alles wegzuschieben.

Davon redete die Alte, daß sich die Sache zwischen dem Ulrich und ihr abgespielt habe, daß die Erlhofener in jener Zeit immer nur vom schönsten Paar weit und breit geredet hätten. Aber das mit dem Liebespaar habe natürlich nicht gestimmt. Weil's keine Liebesgeschicht gewesen sei, sondern eine Leidenschaftsgeschicht.

«Eine Sach, die ganz selten ist, das merk dir.»

Lore war stehengeblieben. Stützte sich auf die Harke, hielt den Kopf schief, schaute vor sich hin und in ihre Vergangenheit hinein.

Vielleicht hätte sie die letzte Bemerkung nicht machen dürfen. Jedenfalls konnte Barbara das alles nicht mehr ertragen. Etwas in ihr sträubte sich.

Und wieder ahnte die Alte, was in ihr vorging: «Gell, das möchst nicht hören, Barbara Sedlatschek.»

«Helfen sollst, Lore, und net uralte Sachen daherbringen.»

Lores ganz jung klingendes Lachen flatterte über den Acker davon: «A Lebensrezept will sie, die kleine dicke

Sedlatschek!» Sie solle die Wolken anschauen, hätten die eins? Sie solle die Bäum anschauen.

Dieser harte und gleichzeitig mitleidvolle Spott. Als wäre das, was mit ihr, Barbara, los war, gar nichts. Als wäre das bloß so ein Stäubchen, das jeder Erwachsene wegwischen konnte, um dann mit seinen Lebensgeschichten daherzukommen und mit seiner alten, kalten Erwachsenenerfahrung aufzutrumpfen.

«Lore, hör auf», bat sie noch, als die Alte immerzu weiterlachte, jetzt auf so eine merkwürdige Art, in der alle Fröhlichkeit der Welt zu stecken schien. Und gleichzeitig stand in Lores Augen dieser todernste Ausdruck, wie's Sterben. Da ließ Barbara die Harke fallen, drehte sich um, floh in so einer Verzweiflungsflinkheit quer über den Acker hinunter zur Hecke, wo ihr Rad lag.

XXVI

In der Hausapotheke findet sie Tabletten. Sie weiß, was es ist, daß die Pillen einen heller machen, ruhiger machen. Sie will jetzt nur noch Zeit vergehen lassen, und so schluckt sie die rosa Chemie wieder und wieder. Stunden, in denen sie nur noch in ihrem Zimmer kauert. Zwischen den Schulbüchern sitzt. Wartet. Wartet. Auf den Samstag wartet. Den Nachmittag wartet. Mehr will sie nicht mehr. Auf mehr kann sie jetzt nicht mehr hinleben. Sie malt sich aus, was sich ereignen wird. Ereignen soll. Oft stellt sie sich vor, daß sie vielleicht hier unten, in ihrem Zimmer, mit ihm dann zusammensein könnte. Daß es ihr jetzt nichts mehr ausmachen würde, wenn sie ein Kind von ihm bekäme. Ja, daß ihr nichts lieber wäre als das. Müßte er dann nicht bei ihr bleiben? Und sie bei ihm? Vielleicht könnten sie zusammen in die Vereinigten Staaten gehen, und alles wäre vergessen. Gelöscht. Dann wäre das andere, das hellere Leben da, das so deutlich vor ihr gestanden war, als sie wieder heim ist, nach den Tagen bei ihm. Den siebzehn Ausreißtagen.

XXVII

Natürlich, es ist so leicht hingesagt: Die Zeit verrann. Aber was es für eine Zeit war, die da verging, wie sie sich dehnte, ausuferte, breit und breiig wurde, daß darin eine Geschichte ins Kreiseln kommen konnte, und Barbara dann nur noch auf diesen Samtagnachmittag zuwartete. Der dann schließlich da war!

Da trug sie also ein Tablett mit Gläsern in den Garten hinaus, wo unterm Sonnenschirm das Tischchen für sie und ihn gerichtet war. Blauer Schatten hing unterm Schirm, und die Sonne, hoch überm Erlhofener Tal, ließ die Luft aus allen Poren dampfen. Barbara blickte nicht zum Himmel auf, sonst hätte sie überm Tal, tief im Blau, das weiße Kreuz eines Segelflugzeugs kreisen sehen.

Dann, an dem für zwei gedeckten Tischchen sitzend, fand sie: alles gut gelungen. Freilich mit der freundlich-verschwörerischen Hilfe der Mutter. Doch machte das noch einen Unterschied?

Die Serviettensegel neben den Gläsern und Tellern ließen ihr Rot leuchten. Folien schützten die Schüsseln mit

Salaten. In einem Glaskrug, rot, frisch, kühl aussehend, Sangria, ein spanisches Getränk.

«Das ist für so ein kleines Gartenfest zu zweit bei diesem Wetter genau das richtige. Oder muß ich sagen: Freundschaftsfest?»

Und nach diesem verständnisvoll-wissenden Seitenblick hatte die Mutter gesagt: «Ich laß euch erst mal eine Weile allein.»

Hinter sich, im Haus, dessen Rollos in der Hitze geschlossen waren, hörte Barbara Vaters Schreibmaschine stottern. Sudetendeutsche Nachrichten stotterte sie, in denen immer von einem für sie, Barbara, unwirklichen, längst vergangenen Daheim die Rede war. Wieder einmal hatte die Mutter beim Mittagessen die Frage aufs Tapet gebracht, ob Vater denn dieses Geschreibsel für diesen lächerlichen Heimatboten nicht endlich lassen wolle. Jetzt, als Filialleiter. Da werde er sich doch schon mal Arbeit mit nach Hause nehmen müssen, oder?!

Obwohl, wie Barbara sich erinnerte, das die übliche Kampfansage für ihr übliches Verletzungsspiel sein können, blieb Vater ganz ruhig: Das werde sie wohl nie verstehen.

Nach dem Mittagessen nahm sie heimlich abermals eine dieser Tabletten. Sie wollte nicht plötzlich aufweinen müssen wegen irgendeiner Kleinigkeit. Und jetzt ließ sie ihren Blick durchaus einigermaßen zufrieden an sich hinuntergleiten. Das rote T-Shirt machte ihre Oberweite ziemlich sexy, wie sie fand. Bikinihöschen und eine Blume im Haar. Und vorhin hatte sie weiß Gott wie geduscht und an sich herumgesalbt und -geschminkt und -gesprüht.

Lores Worte fielen ihr ein. Gell, er hat nix dagegen, daß d' eine Dicke bist, dein Soldat. Ein Weibermensch, das was auf den Knochen hat. Und auch das kam ihr in den Sinn, was die Alte am Acker zu ihr gesagt hatte.

Doch sie wollte sich ihre hoffnungsvolle Stimmung nicht verderben, drängte das weg, zitierte sich statt dessen wieder Jacks Briefsätze her, die Worte von den weißen Hügeln ihrer Haut, und das erschien ihr mit einemmal viel kostbarer als alles andere.

Nachdem Barbara so in Gedanken versunken eine Weile dagesessen war, schlug's Viertel vor vier, und noch in die Glockenschläge hinein setzte im Dorf eine Blaskapelle ein.

Runde, bauchige Töne rollten zu ihnen herauf in die Siedlung, in den Chrysanthemenweg, zu Barbara her unterm Schirm. Nach ein paar Takten hörte die Musik mittendrin auf, bis die Kapelle kurz darauf von neuem zu spielen begann.

Fünf Minuten, zehn Minuten lang steuerte die Blasmusik zu der lichten Sommerstimmung ihre Töne bei.

Was dann kam, hätte man zuerst nur für einen der Traktoren halten können, wie sie, bei diesem Wetter jetzt, auch am Wochende vom Dorf hinaus- und auf die Felder fuhren, um Heu zu machen.

Dieses Dröhnen! Barbara hörte es näher kommen, über die Straße von Bürg her, auf das Dorf zu. Im Ort irrte es, wie es schien, eine Zeitlang suchend herum, um sich schließlich, lauter werdend, als blubberndes Röhren der Siedlung zu nähern.

Vorm Haus angekommen, wallte es noch einmal in einem Lärmschwall auf. Stille. Stille, in die hinein Barbara dann zwei Männer ein paar unverständliche Worte wechseln hörte.

«Baabraa?» rief jemand, und die tuckernde Schreibmaschine drinnen im Haus bekam Schluckauf, verstummte.

Als sie die Sonnenbrille vom Tischchen nahm, sie sich keß

in den Ausschnitt klemmte, ums Haus ging, zum Gartentor, da lachte und jubelte schon alles in ihr. Und mit nie gekannter Leichtigkeit in der Stimme rief sie den beiden Männern etwas zur Begrüßung zu.

Er steigt von einer dieser schweren, chromglänzenden Maschinen, deren Vorderräder weit hinausragen.

Sie sieht ihn lächeln, und ein inneres Glühen erfaßt sie.

Undeutlich nur nimmt sie den anderen Amerikaner wahr, der freundlich grinsend zu ihr herüberschaut und mit weggespreizten Beinen sein Motorrad im Gleichgewicht hält.

Wieder ruft sie Jack etwas zu. Wieder so schwebende Worte, als wäre ihr so was immer geglückt.

Dann ist sie bei ihm. Spürt sein Gesicht an dem ihren. Ihre Lippen flüstern in sein Ohr. Er drückt sie an sich.

Schwarzer Haarschopf. Braungebranntes Gesicht. Weißes Hemd und schwarzes Anzugwestchen. Dunkle Cowboystiefel unten an den Jeans. Und sie findet ihn fabelhaft, wie er da neben seinem Motorrad steht. Er sieht besser aus als auf allen Fotos der Welt.

Daß sie so einen Augenblick erleben kann. Nicht im Traum würde ihr einfallen zu fragen, warum er nicht mit dem Auto gekommen ist und woher er dieses Motorrad hat.

Das sei Cliff, stellt Jack seinen Freund vor.

«Hey, Baabra.»

«Hey, Cliff.»

Der andere, Cliff also, ist ein breitschultriger, hühnenhafter Kerl. Ein buntes Stirnband ums braune Haar. Breite Wangenknochen und ein spöttischer Mund. Sein Gesicht wirkt derb, doch diese Augen dort blicken gutmütig drein.

Und er, fransenbesetzte Trapperweste, und hinter seinem Sitz hängt seitlich sein mit Vögeln verzierter Helm.

Und dieser Cliff, plötzlich fängt er an, übermütig und wild hinauszulachen. Dann, ein Trommelwirbel mit den Fäusten auf dem Tank.

«Jaaack?»

«Cli-iiiff?» antwortet Jack ebenso singend und gedehnt, als wär's der Beginn eines Spiels, das sie beide schon oft miteinander gespielt hätten.

Ob das «Germany» sei, fragt Cliff, und sie sieht, wie er mit dem Kopf zu ihr herdeutet.

Teufel noch eins, das sei «Germany», antwortet Jack. Das wolle er wohl meinen, und sie fühlt ihn zärtlich ihre Hüfte drücken.

Jetzt wieder die Blaskapelle und wie ein sanfter Wind die Musik vom Dorf heraufschaukelt.

Cliff kriegt große Augen. Klappt die Handmuscheln hinter die Ohren. Lauscht. Rollt die Augen.

Das auch? Ob das auch Germany sei?! Hmm-ta-ta ... hmm-ta-ta ...

Während sie alle drei in ein schallendes Gelächter ausbrechen, fühlt sie, mitten in diesem Lachen zwischen diesen beiden Männern auf ihren schweren Motorrädern, die gekommen sind, um sie, nur sie, die dicke Barbara Sedlatschek zu besuchen: Sie war noch nie in ihrem Leben so glücklich.

Kann man sich nicht immer fragen, was gewesen wäre, wenn sich dieses oder jenes nicht zugetragen hätte? Anders zugetragen hätte? Sind solche Gedanken nicht immer möglich bei einer Geschichte?

Im Garten spielten Jack und Cliff ihr Spiel weiter. Barbara war froh, daß sie so gut in Stimmung waren. Wenigstens keine Peinlichkeit, wie man sie manchmal in solchen Situationen spürt.

Beide blieben vor dem so herrlich gedeckten Tischchen

unterm Sonnenschirm stehen, das ihr, ein paar Schritt hinter ihnen, jetzt schön und üppig vorkam wie eine tropische Riesenblüte. Und wieder der Fragesingsang: Ob das hier tatsächlich und überhaupt wirklich auch etwa Germany ... Wie auf Kommando schmissen sie die Arme hoch, ließen sich auflachend hintenüber ins Gras plumpsen.

Dann spürte Barbara Jacks Hand an ihren Beinen und daß er sie zu sich hinunterziehen wollte.

Sie sträubte sich nur zum Schein, spürte, wie sie ihn mochte.

Er sagte wohl auch etwas Lobendes, Bewunderndes über ihr Aussehen, ihre Figur. Sie verstand nicht, aber der Sinn von Worten war ja jetzt auch gleichgültig.

Barbara ging ins Haus, um einen dritten Stuhl für Cliff zu holen, und als sie damit wieder in den Garten herauskam, schlug es gerade halb fünf. Sie sah die beiden im Schatten des Sonnenschirms liegen und rauchen.

Sie hörte sie sprechen, und da blieb sie, mit dem weißen Gartenstuhl in den Händen, unwillkürlich stehen, ohne daß Jack und Cliff wahrgenommen hätten, daß sie vielleicht fünf, sechs Meter hinter ihnen stand und hörte, was sie redeten.

Cliff, halblaut, nachdenklich: Okay, das sei also das Girl, in das er, Jack, wie ein Verrückter vernarrt sei.

Er sei kein Verrückter, antwortete Jack.

«Oh no ...» machte Cliff.

Er liebe das, was sie ihm geschickt habe. «German marks. Money.» Sonst hätte er sich ja die Maschine nicht anschaffen können. Außerdem habe sie ordentlich was zum Ficken zwischen den Beinen. «That's all my friend I love.» Er sei ein Spieler. «I am only fooling around.» Spiele nur rum.

Man müsse sich eben Mädchen suchen, die bei den Deutschen keine Chancen hätten, das sei der Trick. Klar hätte er damals auch ein anderes Mädchen am Busstop anhauen können. Aber die, die sonst nicht die besten Chancen hätten, die würden sich umbringen für einen. «Fat girls.» Bei denen würde es klappen. Und fürs Ficken seien sie bestens, weil sie aus Angst alles mitmachen. «Wir sind Soldaten, und morgen sind wir schon wieder woanders.» Ein Spiel, und er gewinne fast immer, okay?!

Einen Moment schwieg er.

Dann wollte er sich verbessern: Okay, okay. Sei alles Quatsch, was er da rede, klar liebe er sie, die Baabra. Er sei heute ein gottverdammter Idiot. Und Cliff solle bloß nicht glauben, was er so daherrede. Alles Blödsinn!

Ja, sie seien Soldaten, antwortete Cliff nachdenklich und ernst, und man sah ihn sein Stirnband zurechtrücken, das ihn ein wenig wie einen Indianer aussehen ließ. «Soldaten, und die Army ist unser Scheißjob.»

Bei einem Verkehrsunfall kann es zu so einer lang hingezogenen Schreckminute kommen, in der mit einem äußerlich noch alles in Ordnung zu sein scheint. Zum Beispiel: Ein Verletzter steigt aus seinem verbeulten Wagen. Macht ein paar Schritte. Starrt auf sein Auto, das vielleicht gegen die Leitplanke gekracht ist oder eine Mauer gestreift hat, sein Auto, dessen Vorderfront aussieht wie ein Bündel zerknülltes Papier. Der Verletzte geht um seinen Wagen herum. Macht dies, macht das. Stellt sein Warndreieck auf. Und vorerst ist nichts mit ihm los. Wer ihn beobachtet, könnte meinen, der hätte gar nichts. Wäre vollkommen in Ordnung. Äußerlich.

Barbara hatte aber Jacks und Cliffs Unterhaltung mit angehört, ohne es zu wollen. Unwillkürlich drehte sie sich dann weg. Den weißen Stuhl trug sie wieder ins Haus, in die Waschküche hinunter.

Da klingelte es oben an der Haustür. Die Mutter rief, sie solle mal aufmachen. Und als Barbara die Tür öffnete, stand dieser Typ vor ihr. Zuerst sah man seinen Kopf gar nicht. Das war nur so ein glatter schwarzer Stumpf zwischen seinen Schultern. Klar, es war einer, der einen schwarzen Motorradhelm aufhatte und das dunkle Sonnenvisier geschlossen. Und vorne sah Barbara einen dunklen Schweißfleck, heiß war's ja, auf seinem schwarzen Hemd. Und er hatte diese weiten Arbeitshosen an. Blau und weit, wie sie die Bauern bei der Feldarbeit trugen, von wo der dort wohl weggerufen worden war.

«Wem ghörn die zwei Motorradln, Amischicks?»

Jotta-Robert. Sie erkannte die im Helm dumpf klingende Stimme.

Sie sah auch das weiße Kreuz vorn auf dem Helm, so ein gewinkeltes Kreuz wie jenes neulich auf der Tür. Und an seinem breiten Gürtel hatte Jotta-Robert etwas hängen, was Barbara für ein irgendwie zu groß geratenes Fahrtenmesser hielt. Und auch darauf war dieses Winkelkreuz. Dieses Hakenkreuz.

«Was ist, Barbara?»

«Nix», rief sie ins Haus zurück, der Mutter zu, die sich wohl im Bad aufhielt, «ist für mich.»

Wie in einer Schutzreaktion gegen die Mutter hin, gegen den Vater hin, dessen Schreibmaschine drinnen im Wohnzimmer wieder zu stottern begann, so trat sie auf die Treppe hinaus, zog die Tür hinter sich zu.

«Die Motorradln müssen weg, Amischicks!»

Warum? Die würden doch niemanden stören.

Die müßten weg da. Aus!

Die Kirchturmglocke unten schlug. Und auch die Blaskapelle war wieder da, schickte ihre freundlichen, pausbäckigen Töne durch die Sonne und den Nachmittag herauf. Ganz schnell ging dieses Wahrnehmen, wie es war und was da alles zu dem Bild gehörte, in dem sie nun plötzlich drinstand. Die Kinder aus der Nachbarschaft zum Beispiel. Barfuß. In kleinen Badehosen. Ein dicht zusammengedrängtes Trüppchen neben Jacks und Cliffs Maschinen. Stumm starrten die zwei Buben und das Mädchen in den Chromglanz der Lenker und Motoren und Armaturen hinein.

Dann rief Barbara Jack und Cliff.

Der Jotta nahm Posten am Gartentor. Hakte sich selbst in seinen Gürtel hinein und fest. Manchmal, Barbara sah es, schaute sein Helmvisier die Straße hinauf, wo, ungefähr vor Röschs Haus, sein Geländemotorrad stelzbeinig im Ständer lag. Schräg ins Licht ragte das Hirschgeweih des Lenkers.

Schließlich, es waren vielleicht nur zehn, zwanzig Sekunden in alldem vergangen, tauchte oben am Chrysanthemenweg ein Traktor auf. Langsam. Schwerfällig. Rot.

Nochmals rief sie, lauter und dringender jetzt, zum Garten hin nach Jack und Cliff. Und im Wegdrehen des Kopfes sah sie, halb aus den Augenwinkeln, im grellweißen Sonnenlicht, drüben, auf der anderen Straßenseite, Weißflohs schwarzen Hund sitzen. Irgendwie abwartend hielt er den Kopf schräg und äugte herüber.

Auf ein Wort noch, ganz kurz. Nach einem Verkehrsunfall also kommt es manchmal vor, daß sich ein Verletzter ganz kühl sagt, so, jetzt hat es dich also auch erwischt. Völlig klar ist er im Kopf. Holt sein Warndreieck. Stellt es auf. Und man sieht ihm überhaupt nichts an. Und wie er zurückgeht zum Wagen, der Autofahrer, wundert er sich mit einemmal, warum sein Arm so lappig und leblos an der Schulter hängt. So ähnlich fühlte sich Barbara damals, als sie das alles betrachtet, als gehört sie gar nicht dazu.

Jack und Cliff kommen also ums Haus herum nach vorne. In dem Moment ist Fidi Eisenbrand mit seinem roten Riesentraktor schon heran, dreht sich quer in die Straße mit seiner maulartig aufgesperrten Windschutzscheibe. Ein Panzernashorn.

Hätte ja sein können, der Großvater in seinem schwarzen Uraltmercedes wollte grad in diesem Moment vors Haus her. Da hätte er keinen Durchlaß mehr gefunden. Zudem sieht jetzt Barbara mehrere Burschen auf Geländemotorrädern hinterm Eisenbrandtraktor hervorschießen, den Gehsteig entlangrasen, den Eisenbrand als Meute umrunden. Grüne Stahlhelme, mit Riemen unterm Kinn festgezurrt. Grüngefleckte Schildmützen und die Gesichter hinter diesen schwarzen Tüchern verborgen.

Sie erkennt unter ihnen nur Erich Grassl und hört, wie in das Motorräderheulen Weißflohs Hund hineinzubellen versucht.

Die Sekunden springen. Jagen sich. Eins greift ins andere.

Die Kinder sind auf den Gehsteig zurück geflohen. Verschüchterte halbnackte Küken.

Und dann: «Hier Kampfwehrgruppe Rhön. Die US-Amerikaner sofort raus aus dem Dorf!»

Natürlich, Fidi Eisenbrand war das, vom Traktor aus. Barbara sieht sein Rappenkopfgesicht mit der Sonnenbrille unterm Dach des Führerhauses. Ihr fällt ein, im gleichen

Ton hat er plötzlich dieses politische Zeug dahergeredet, als sie ihm auf dem Feldweg begegnet war.

Jetzt ist Jack neben ihr. Cliff neben ihr. Jack, den Arm um ihre Schulter, nickt mit dem Kopf zum Traktor hin. Was denn los sei. Was der dort soeben gesagt habe, und sie erklärte auf englisch und hört dabei, wie ruhig ihre Stimme doch ist, der wolle, daß sie wieder wegführen.

Jacks Armdruck, und seine Miene verdüstert sich.

Cliff ist vors Gartentor hinausgetreten, hat die Maschine bestiegen. Verschränkt jetzt die Arme. Lehnt sich zurück, hat ein beinahe belustigtes Gesicht, scheint vorerst mal abwarten zu wollen. Einmal murmelt er etwas, in dem das Wort «Germany» vorkommt.

Und Fidi Eisenbrand hängt sich aus dem Traktor mit seinen schwarzen Sonnenbrillenscheiben, seinem unruhigen Haarschopf. Und dann dieser Wortschwall zu ihnen herüber. Politisches Zeug, aus dem Barbara nur heraushört, daß das US-amerikanische Gesindel, das das Deutsche Reich neunzehn-fünfundvierzig an die Sowjets, die Bolschwiken, verraten habe, daß das Pack schleunigst abhauen solle. Die US-amerikanischen Hurenböcke wolle man im Dorf nicht mehr sehen, sonst würde die Kampfwehrgruppe Rhön mal ordentlich zufassen.

Jack ist jetzt auf die Straße raus zu Cliff, und man sieht beide die Köpfe zusammenstecken und Worte wechseln.

Fidi Eisenbrand, halblaut vom Traktor her: «Kämpfer Jotta!» Dann auf einmal hinter ihnen diese Stimme, Herrn Sedlatscheks böhmisch sich herauswagende Stimme: «Hau ab mit deinen Leiten, Eisenbrand!»

Barbara dreht sich um, sieht ihren Vater in Unterhemd und Turnhose in der Tür stehen, mit der Hand herumfuchteln, lächerlich, als wische er Flusen vom Tisch.

«Was willst von unseren Gästen, Eisenbrand? No ja, es sind unsere Gäste. Natierlich. Aber natierlich, bitte. Jetzt hast genug Radau gemacht. Jetzt nimm deine Leite und geh wieder, Eisenbrand.»

«Hört, hört, der Sparkassendirektor aus'm Böhmerwald. Der Flüchtlingsdirektor», höhnt Erich Grassl unter seinem schwarzen Mundtuch hervor, läßt's Motorrad jaulen.

«No jaja. Bitte schön. Schon recht.»

Wieder sieht sie diese Handbewegungslächerlichkeit des Vaters. Zum Traktor hin. Zum Eisenbrand hin. Als gäb's da tatsächlich so was wie ein unsichtbares Tuch.

«Jetzt ham wa geheert von eurer scheenen Wehrkampfgruppe, Eisenbrand, ja, jetzt ist genug, bittschön.»

Und doch, trotz dieser Weichheit in der Stimme, dieses Ängstlichen irgendwie, ist Barbara sehr stolz in diesem Moment auf ihren Vater.

«Ruf doch die Polizei! Die sind doch verrückt. Verrückte sind das. Was wollen die eigentlich von uns?!»

Den Kopf in einem weißen Handtuchturban, taucht das kaltzornige Gesicht der Mutter hinter dem Vater in der Tür auf.

«No, was brauch ma Polizei. Er wird schon verninftig sein, der Eisenbrand und seine Leite.»

«Kämpfer Jotta», schreit Eisenbrand von seinem Traktor runter. Der Helmkopf zieht das Messer von der Hüfte, will mit der blinkenden Klinge auf Jacks Vorderrad los.

Ein Tritt.

Ein Schlag mit der Faust.

Das Messer wirbelt hoch ins Licht, klatscht auf die Straße, trudelt als greller Silberblitz auf einen Abflußgully zu.

Wer hat geschlagen?

Jack, Jack wohl. Es ging blitzschnell. Man hat es kaum wahrgenommen, und jetzt wankt der Helmkopf an den Gartenzaun zurück.

Die Kinder. Immer noch sind die Kinder dabei, halten sich jetzt dicht und ängstlich beieinander und an den Händen. Weißflohs Hund, Barbara sieht ihn platt am Boden liegen. Den Kopf immer noch abwartend, witternd, schräg.

Jack und Cliff starten wie auf Kommando ihre Maschinen. Sofort wirft sich das Röhren und Dröhnen über das nervöse Sägen der herumkurvenden Geländemotorräder. Auch übers Traktorwummern noch.

Da rennt sie zu ihm. Klammert sich an seinen Arm. Ruft etwas in sein Gesicht hinein. Sein Gesicht, das sie auswendig gelernt hat. In seine Augen hinein, die lachen. Die lachen, in all dem Trubel und Lärm und Dröhnen.

Sie packt ihn an der Schulter. Schüttelt ihn. Seine Augen lachen weiter. Er dreht den Gasgriff. Läßt eine Welle Gedröhn über die Straße. Einen Lärm, in dem sie ertrinkt.

Wieder ruft sie etwas. Schreit sie ihm etwas zu. Worte, an die sie sich später nicht mehr erinnern wird.

Die grünen Stahlhelme ziehen Kreise.

Die Gestalten mit den braungrünen Schildmützen und schwarzen Tüchern stehen in den Fußrasten, die Arme zu den Lenkern gespreizt, reiten Spiralen. Über die Straße. Über den Gehsteig. Um Cliff und Jack und Barbara herum.

Schon jetzt fühlt sie so etwas wie Getrenntsein. Noch klammert sie sich an Jacks Arm. Da gibt er Gas, läßt die Maschine anziehen. Eisenbrands Traktor reagiert. Schwer. Wild. Unberechenbar.

Wollen sie Jack und Cliff blockieren? In die Zange nehmen?

Und dann: Über der Straße und dem Haus, so kommt es

Barbara plötzlich vor, über der Straße und dem Haus und ihrem armfuchtelnden Vater und der Mutter dahinter, die ihm etwas zuschreit, auch übers Röschs Haus und den Kindern, die immer noch alles mit staunenden Ungläubigkeitsaugen verfolgen, über den wild und bösartig herumkurvenden Motorrädern, die sich jetzt zu jagen scheinen, und dem schwerfällig rangierenden Eisenbrandtraktor, über alldem wölbt sich, so kommt es ihr vor, so etwas wie eine riesige Halbkugel aus Glas. Und darunter wären sie alle.

Sie sieht es: den Traktor, das Kind.

Mitten aus diesem Glasglockengefühl heraus sieht sie das kleine Mädchen. Es ist wohl Weißflohs Ingrid, und sie will ängstlich weg aus dem Lärm. Ist schon hinter Eisenbrands rotem Traktor. Da springt sie hin, meint noch, es glückten ihr wieder so rasche Bewegungen wie damals, als sie aus Sallys Wohnung geflohen war, aber jetzt ist alles anders.

Es gelingt ihr, das Kind wegzureißen.

Sie sieht es noch fortlaufen, im kleinen Gesicht das eingefrorene Weinen.

Dann der Schlag. An der Hüfte. Das Schutzblech des Traktors wird groß. Übergroß. Barbara torkelt. Wankt. Weicht zurück. Ein zweiter Schlag gegen den Kopf. Der Zaun. Der Zaun wohl.

Und dann nur noch helle, weiße, gebündelte Blitze vor den Augen. Sie fühlt, wie sie daliegt. Verdreht, auf der Seite offenbar. Sie spürt, wie ihr Körper jetzt wieder diese schwere, unförmige, dicke, baumstumpfartige Masse ist, in die sie sich rasch, ganz rasch hineinverkriechen muß. Auf immer. Für alle Zeiten.

Hoch oben am Himmel, wie herausgestanzt aus dem Blau, sieht Barbara für einen Moment das weiße Kreuz eines Segelflugzeugs. Und dann noch, knapp bevor ihr die Wahrnehmungen und die Sinne gänzlich wegrutschen, irgendwo hineinrutschen in ihre Körperplumpheit, taucht diese Frage in ihr auf: Warum hab ich den Gartenstuhl nicht zu ihnen hingetragen, zu Jack und Cliff hin, als sie über mich redeten?

Es ist zuerst nicht weiter aufgefallen. Aber irgendwann während der Ereignisse, die dann folgten, ist Weißflohs Hund in Sedlatscheks Garten gelangt, wo im Schatten des Sonnenschirms noch der Tisch stand. Später jedenfalls fanden ihn Barbaras Eltern umgestürzt. Zerbrochenes Geschirr lag im Gras, und die Schüsseln waren leergefressen. Der Hund mußte alles rasch und wie in einem Anfall großer Freßgier, großen Heißhungers, in sich hineingeschlungen haben. Er mußte auch versucht haben, die Schüsseln auszulecken, und da sie ihm im Gras keinen Widerstand boten, sie meterweit mit Zunge und Schnauze vor sich hergeschoben haben. Georg Rösch entdeckte spät abends, als er schon alles erfahren hatte, eine davon am Zaun.

XXVIII

Und jetzt? Geschichten bleiben nicht stehen. Sie tasten sich stets weiter hinein in die Zukunft. Geschichten werden vielleicht blaß und schmal und still und gebrochen, schieben sich aber unaufhaltsam hinein, in die kommenden Stunden, Tage, Wochen.

Geschichten, wenn man genau hinschaut, geben nicht so schnell auf. Vielleicht ist das einzige, was sie beenden kann, der Tod. Wenn man lange, sehr lange wartet.

Und so läuft also Barbaras Geschichte dort weiter, wo nach

Stunden, nach Tagen, diese fremden Gesichter in dem Weiß um sie her auftauchen. Die Gesichter der Ärzte. Der Schwestern. Später die Gesichter der Mutter, des Vaters. Viktors Gesicht einmal und immer wieder auch das Gesicht des Großvaters.

Barbara lag im Krankenhaus von Bürg.

Und wie die Tage vergingen, die Umrisse des Krankenzimmers um sie her deutlicher wurden, da nahm sie auch wahr, daß diese Gesichter, die so oft an ihrem Bett auftauchten, ein Netz aus Worten und Sätzen um sie spinnen wollten. Ein Netz, in dem immer wieder das Wort Internat auftauchte. «Sie muß ins Internat.»

Sie reagierte nicht.

Überhaupt zeigte sie absonderliche Reaktionen, wie die Schwestern meinten.

Stundenlang konnte sie völlig bewegungslos daliegen. Als lebten allenfalls noch ihre Augen. Und ihr schwerer, plumper Körper, der die Bettdecke vor ihrem Gesicht bauchte, wäre wie abgestorben.

Nahm man ihren Arm und hielt ihn empor, ließ sie ihn lange in dieser Stellung. Verschob eine der Schwestern ihr die Hände auf der Bettdecke in eine vermeintlich bequemere Lage, fand man am Nachmittag ihre Hände noch immer in derselben Haltung vor.

Manchmal, in diesen Stunden und Tagen, da glaubte sie, sie sei nun in sich selbst nicht mehr zu Hause. So wie sie unabänderlich wußte, daß sie in dem Haus am Chrysanthemenweg nicht mehr würde zu Hause sein können.

Während einer Operation, an die sie keinerlei Erinnerung hatte, hatte man ihren Körper wieder in Ordnung gebracht. Gut, diese Verletzungen würden heilen. Aber hatten solche Dinge überhaupt noch Bedeutung?

Ihrem Bett gegenüber hing ein Bild. Einer dieser billigen Drucke, wie man sie oft in Krankenhäusern sieht. Er zeigte eine südliche Landschaft am Meer. Ein Dorf.

Stunde um Stunde konnte Barbara in das Bild hineinstarren. Manchmal war ihr, als klinge in ihr ein Lied auf, das vom Heimkommen handelte, und da konnte es geschehen, daß lautloses Weinen aus ihr hervorbrach.

Sie aß Montag und Dienstag (21. und 22. Juli) nach der Operation nicht, und sie aß auch kaum in den Tagen darauf, als es ihr besser ging.

Wenn die Gesichter auftauchten, in der Visite und nachmittags, in den Ewigkeiten der Besuchsstunden, drehte sie sich meist wortlos zur Wand und schwieg.

Ein Gemisch aus Angst und Gleichgültigkeit erfaßte sie, wenn jene hellen Flächen mit so was wie Augen darin auftauchten. Helle Flächen, aus denen heraus ihr Name erklang, aus denen Sprechgeräusche hervorquollen, die sie wiedererkannte. So daß sie sich sagte, das muß die Gestalt des Vaters sein. Der Haarschopf, wie weißes Feuer, das muß der Großvater sein.

Dann war da wieder das, wie ihr vorkam, immer maskenhafter herausgeschminkte Gesicht der Mutter, die sie, merkwürdig genug, in Gedanken jetzt nur noch Frau Sedlatschek nannte.

Tagelang lag in der folgenden Woche auf Barbaras Nachttisch ungeöffnet ein Brief von Jack. Sie hatte nicht die Kraft, ihn zu lesen. Sie hatte Angst davor. Sie hätte ihn am liebsten zerrissen und gleichzeitig alles ungeschehen gemacht.

Viks Ansichtskarte von Landsberg dagegen schaute sie lange an. Immer wieder betrachtete sie sie: Er wünschte nicht viel, nur, daß sie die nächsten paar Tage durchhalten möge. «Ja, Schwesterchen!»

Oft in diesen Krankenhausstunden holte sie sich jenen Augenblick aus dem Gedächtnis, da sie, reglos verharrend, den Gartenstuhl in den Händen, Jack und Cliff belauscht hatte. Ein ums andere Mal spielte sie diese Szene in Gedanken durch, und das Ende war immer wieder dasselbe. Irgendwie konnte sie sogar verstehen, daß er das alles gesagt hatte damals. Und in diesem Schmerz wußte sie: Sein Brief mußte auf dem Nachttisch ungeöffnet liegen bleiben.

Dann auch kam ihr wieder Lore in den Sinn, und wie sie gesagt hatte, der Schmerz sei gar nichts und die Liebe alles. Was sagst jetzt, Lore, redete sie die Alte in Gedanken an. Wirst ja alles wissen. Die Polizei wird ja draußen gewesen sein, beim Eisenbrandhof. Sie, Lore, solle jetzt, auch jetzt mal Antwort geben. Leis und ruhig, als wären's kreisende Vögel, kamen und gingen die Gedanken. Und zum Ende der zweiten Woche, als Barbaras Genesung Fortschritte machte, immer öfter die Überlegung: Ich könnt vom Balkon dieses Krankenhauses springen. Als wär das gar nichts. Als wär's so ein Hinausrutschen in die Luft. Wie Georgs Flugzeug.

Einmal brachte die Schwester einen Brief von Lore. Kurz. Nur wenige Sätze in einer schwer leserlichen, verschlungenen Schrift: «Können die Bäume weg, wenn sie der Wind packt? Können es sich die Wolken droben heraussuchen, wohin sie der Wind weht?» Sie glaube, daß sie, Barbara, schon in ihr Leben reinfinde. «Auch wenn's dir weh tut.» Sie brauche sie nicht zu besuchen. Sie sei jeden Tag bei ihr. In dem Brief, auf ein Blatt Papier geklebt, eine wunderschöne getrocknete Blume, von einer Art, wie sie Barbara noch nie gesehen hatte. Sie lehnte das Blatt gegen ein Glas auf ihrem Nachttisch, starrte es lange an.

Einige Tage später war dann am Nachmittag die halblaute Stimme von Georg Rösch an ihrem Bett. Sein Atem roch schlecht, er hatte wohl getrunken, sich so irgend etwas wie Mut angetrunken. Und trotzdem freute sie sich. Für Augenblicke war die Erstarrung weg.

Er kam wieder, meistens spät am Nachmittag nach der Arbeit. Mit dem Moped machte er sich da auf den Weg.

Einmal tastete sich seine Hand zu der ihren. Ihre Finger suchten die Nähe seiner Haut. Und Barbaras Besserung machte stete Fortschritte. Das war es aber nicht, was sie beschäftigte. Gut, noch der Verband und das andere, aber das würde man bald wegnehmen. Das war es wirklich nicht, vielmehr wurden die Warnungen der Ärzte vor «dieser Nahrungsverweigerung» immer deutlicher, drohender. Nur mit ein bißchen Tee und etwas Obst könne man einen solchen Körper wie den ihren auf die Dauer nicht ernähren.

Frau Sedlatschek bekräftigte, was die Ärzte sagten, warnte, bat, drohte mit dem Wort Internat. Auch der Vater begann ihr Nichtessen, ihre vollkommene Appetitlosigkeit, ja, ihren Ekel vor allen Speisen dramatisch zu beklagen.

Das alles aber drang kaum in ihr Inneres vor. Eher schon der Anblick von Lores aufgeklebter Blume. Oder der Klang von Georgs Stimme, die einfach Nähe herstellte, keine Antworten wollte.

Einmal erinnerte er sie scheu daran, wie sie gemeinsam oben am Hang überm Hasenwäldchen gesessen waren, der Flieger irgendwo draußen in der Luft. Und da wünschte sie sich, sie hätte sich damals schon ein Stückchen weiter in seine Zärtlichkeit hineintreiben lassen.

Und Georg, an einem anderen Tag wieder, nachdem er regennaß ins Krankenzimmer gekommen war. Er habe wieder Streit mit seinem Alten gehabt. Er, Georg, habe sich aber nicht länger kleinwatschen, zu einem Kind herunterohrfeigen lassen. Er habe dann halt schließlich in Gottes Namen zurückgeschlagen. «Es könnt sein, daß er mich demnächst rauswirft.»

Sie blickte ihn an, sagte nichts.

«Na ja», meinte er, griff zu dem Brief, der noch immer auf dem Nachttisch lag, las den Absender mit dem amerikanischen Namen, legte das Kuvert zurück.

Immer noch brachten die Schwestern Frühstück, Mittagessen, Abendbrot an ihr Bett. Immer noch trugen sie kopfschüttelnd und mehr und mehr verärgert die so gut wie unangetasteten Speisen wieder ab.

6. August, die Ferien hatten bereits begonnen, es war ein heißer, schwüler Tag, und als Georg knapp nach sechs hereinkam, noch verschwitzt von der Arbeit bei Kordeuter, sagte Barbara, man wolle sie wahrscheinlich künstlich ernähren, wenn das so weitergehe, habe der Arzt heute morgen gedroht.

Ihre Eltern seien wohl einverstanden, hätten gestern auch lange mit dem Arzt palavert.

In Georgs graublauen Augen, um die das Bier rote Ränder gezogen hatte – oder der Wind auf den langen Mopedfahrten her zum Krankenhaus nach Bürg –, in Georgs Augen war da plötzlich so ein Aufblitzen, das sie nicht erwartet hätte. Und auf seine verschwiegene, in sich hineinblickende Art schüttelte er den Kopf.

XXIX

Die Geschichte treibt weiter. Wir dürfen die Ereignisse nicht aus den Augen verlieren. Barbara hat sich dann gefragt, ob nicht doch alles ein Traum wäre. Vielmehr ein Traum, der aufhörte, und ein anderer, der begann. Ein Traum, in dem man Türen und Flure und Häuser sah, und doch schienen alle Gegenstände blasse Folien, alle Geräusche nichts als Wattekugeln zu sein.

Es war am Donnerstag, 7. August, in der Zeit zwischen Kaffee und Abendessen, und als sie draußen war, ging alles sehr rasch.

Schwach war sie natürlich, wie sie da ging. Aber mit einemmal auch mit klarer werdendem Kopf.

Sie hatten nicht verabredet, in welche Richtung sie per Autostopp abhauen wollten. Es war wohl Zufall, daß Georg einfach über die Straße ging, weil er meinte, sie käme ihm nach. Jedenfalls hielt er auf der anderen Straßenseite sofort den Arm in die Fahrbahn hinaus.

Und weil sie sich nun doch ziemlich matt fühlte, blieb sie einfach auf dieser Seite der Straße stehen und lehnte sich an ein Verkehrsschild.

Georg drüben. Die eine Richtung.

Barbara hier. Die andere Richtung.

Wie ausgemacht. War es aber nicht. Es bestand nur ein wortloses Einverständnis zwischen ihnen, daß es ziemlich gleichgültig wäre, in welche Richtung sie fortkämen. Einverständnis, ähnlich wie damals, als sie sich zum Fliegerfliegen verabredet hatten.

Barbara winkte also an der Straße Ortsausgang Bürg. Da ging's Richtung Schweinfurt, Würzburg, München, Kassel, wenn man einen Wagen zur Autobahn erwischte. Oder eben irgendwohin. Egal.

Und Georg drüben. Sein Daumen wies Richtung Rhön,

Fulda vielleicht, wenn man einen Vertreter kriegte, der hier herum in den Dörfern zu tun gehabt hatte, vielleicht über die Hochrhönstraße heimwärts wollte. Fulda, zum Beispiel. Oder, egal.

Zehn Minuten zuvor hatte das begonnen, das Abhauen, das Ausreißen. Sie hatte ihre Sachen zusammengerafft, hatte sich im Klo umgezogen, sich an der Pforte des Krankenhauses vorbeigeschlichen, mit ihrer Korbtasche über der Schulter und den Blick gesenkt. Kurz darauf hatte sie Georg am Krankenhausparkplatz neben seinem Moped stehen sehen. Das ließ er dann einfach zurück, als sie weitergingen, zur Straße runter. Richtig geplant war das ganze Unternehmen nicht. Es war mehr so ein Hinübergleiten von einer Situation in die andere.

Dann stand Barbara also an der Straße, winkte, sah wie die Autos an ihr vorbeizogen. Sah drüben Georg mit weggestrecktem Arm. Und fühlte diese Mattigkeit in sich. Vom Kranksein, von der Operation, vom reglosen Daliegen, vom Nichtessen.

In diesen Minuten des Wartens auf einen, der sie mitnehmen würde, in diesem verworrenen Zustand der körperlichen Schwäche und eines sich nach und nach aufhellenden Bewußtseins, erinnerte sie sich auf einmal an einen Fernsehfilm.

Darin ging es um Leute, die abhauten. Ein Mädchen, das wochenlang unter den Büschen eines Großstadtparks schlief. Verdreckt. Abgerissen. In Gastarbeiterbaracken sich für ein paar Mark den Männern hingab. Auf den Strich ging. Einmal griff die Polizei sie auf. Sie verkroch sich unter ein Auto wie ein aufgescheuchtes, gejagtes, sprachloses Wesen. Einmal durchwühlte sie die Mülltonnen hinter einer Imbißstube nach Speiseresten.

Das fiel ihr wieder ein, wie sie da an der Straße stand. Und sie dachte, warum nicht?! Sowas könnt auch mit ihr passieren.

Georg mußte ihr dann ins Führerhaus des Fuchsmühlenlasters hinaufhelfen. Den Fahrer kannte sie nicht.

Georg nahm ihr die Tasche ab, fragte, geht's so, als sie sich beide auf den Beifahrersitz quetschten.

Während der ganzen Fahrt starrte sie auf eine fettige, halb zerrissene Tüte mit zwei alten Schinkenbrötchen darin. Der Fahrer schließlich und er drehte dabei am Radio: «Mei, wannst di no mogst?!»

Gierig stopfte sie die vertrockneten Semmeln in sich hinein und hinunter. Bot auch Georg an. Der schüttelte nur den Kopf.

Sie wartete, was der Fahrer ins Radio hereindrehte. Landfunk. Mastschweinezucht. Das ließ er stehen. Das Lied – ein Zufall wär's ja gewesen – kam nicht. Besser so, dachte sie.

An der Fuchsmühle mußten sie raus.

Sie wußten zuerst nicht weiter. Brauchte aber nicht groß darüber zu reden. So wie sie vorhin hatten nicht darüber zu reden brauchen, daß es vollkommen egal war, auf welcher Seite der Straße sie mitgenommen würden.

«Und ins Gartenhaus von deinem Opa? Erst mal», schlug Georg dann vor. Sie nickte, spürte den Druck seiner Hand. Unterwegs erbrach sie auf einem Feldweg, was sie im Auto in sich hineingekaut hatte. Georg trug ihr die Tasche. Wieder und wieder kam er mit seiner halblauten Frage daher, ob's ginge. Und: «Hast Schmerzen, Barbara?» Und: «Weißt auch, wo der Gartenhausschlüssel versteckt ist?»

Ja, es gehe schon! Wisse sie schon. Einen Ersatzschlüssel verstecke der Großvater an einem der Bienenhäuser.

Georg machte auf sie jetzt einen aufgeregten, nervösen Eindruck. Er schien mit diesem stillen und heimlichen Wegschleichen aus dem Krankenhaus innerlich sehr beschäftigt, mehr als Barbara selbst, der nach und nach von irgendwoher so was wie innere kräftespendende Helligkeit zuzuströmen schien. Ihre Schritte wurden fester, sicherer.

Minutenlang gingen sie schweigend nebeneinander. Hinten rüber. Über Feldwege, Wiesenpfade. Sie waren ja zu Haus hier, kannten sich aus. Dann ging's an jenem Bretterschuppen vorbei, wo Barbara beim Heimkommen an jenem 3. Juli, nach den siebzehn Jack-Tagen, von dem Wespenschwarm verfolgt worden war.

Da fing sie an, Georg davon zu erzählen. Wie sie vor den Biestern weggerannt ist. Dann zur Lore ist, in den Stall vom Eisenbrandhof, weil sie halt doch Angst gehabt hat vorm Heimgehen. Nach und nach, während sie immer wieder mal Rast einlegten, berichtete sie Georg auch davon, was sich zugetragen hatte, an jenem Jack-Besuchs-Samstag.

Nach einer knappen dreiviertel Stunde etwa näherten sie sich von der Wächterswinkler Straße her dem Bienenland. Da rief Georg plötzlich: «Du, Mensch, dort dein Freund!»

«Amerikaner» hatte er wohl sagen wollen. Sie hatte es sehr wohl im Ton seiner Stimme gehört.

Die Sonne war hinter die Berge weggesunken. Der Himmel dunkelte sich ein. Leichter Wind kam auf. Regenwolken zogen übers Erlhofener Tal herüber. Die Luft roch bereits nach Nässe, und in den Obstbäumen des Großvaters hörte man die Amseln frech den Tag abpfeifen.

«Wo ...» fragte sie.

«Dort vorn.»

Sie waren stehengeblieben.

Wo die Obstbäume des Bienenlandes dicht an die Straße

heranstanden, sah man im Dämmerlicht etwas, das vielleicht so was wie ein Motorrad sein mochte. Gleichzeitig aber auch etwas ganz anderes.

Das ist nicht Jacks Maschine, dachte Barbara. Nein, auf keinen Fall.

Was dort im Halbdunkel nahe den Bäumen am Straßenrand stand, ließ sie im ersten Moment an so was wie eine riesige Henne auf Rädern denken. Das war im Dämmerlicht eher schon ein bauchiges, beleibtes, irgendwie pausbäckig und füllig wirkendes Ding auf Rädern.

Hinten an dem Gefährt sah man braune, kofferartige Taschen. Fast wie gefüllte Backen eines Riesenhamsters. Über dem Vorderrad, dem Lenker, wölbte sich ein halbrundes Schutzschild hoch. Seitlich unten standen mattblinkende Trittbretter ab, als wären's Pantoffeln. Irgendwie auch großmutterhaft-gemütlich wirkte das Gefährt aus der Entfernung.

Und Georg flüsterte dann aufgeregt, das müsse wohl die große Harley Davidson sein. «King of the highway» werde die von einigen genannt. «Hab mal drüber was gelesen.»

Barbara warf einen besorgten Blick zum Gartenhaus rauf; aber dort war's dunkel. Kein Licht in den Fenstern. Der Großvater also zum Glück nicht da.

«Egal, wer's ist. Wir gehen einfach vorbei und rauf.» Sie zupfte Georg schon am Ärmel Richtung Bienenland.

Sein technisches Interesse lockte ihn aber dann doch zu dem Motorrad hin. Neugierig spähte er hinters Schutzschild in die Armaturen, tippte am Bremshebel. Zeigte auf den Tank, der bauchig zwar, aber wohlgeformt zwischen Sattel und Lenker hing. Aufgeregt flüsterte er: Hier, da stünd's. «Eine Harley. King of the highway.»

Barbara dachte, na schön, Mensch, wir haben doch wohl

im Moment wirklich andere Sachen am Hals. Doch da sah sie in seinem Gesicht wieder jenen Ausdruck, wie sie ihn an dem Nachmittag wahrgenommen hatte, als er drüben hinterm Zaun aus seinem Flugmodell das Fernsteuerkästchen gezogen hatte – und von Gehirnströmen geredet hatte.

Da sagte sie: «Du, komm doch.» Ging aber zu ihm hin, der noch immer das Ding bewunderte, und sah dann, was ihm wohl noch gar nicht aufgefallen war. Ihr aber erschien es sofort wie ein Zeichen.

Ein Buch. Auf dem breiten braunen Motorradsattel, ausladend wie die Hüften einer glücklich schwangeren Frau, auf dem Sattel lag ein Buch. Daneben ein angebissener Apfel. Barbara konnte sich's selbst nicht erklären, aber als sie das sah, war sofort so ein Gefühl einer Vertrautheit in ihr. Vertrautheit mit und zu jenem Menschen, der Buch und Apfel dort hingelegt hatte.

«Wie gefällt sie dir, die Queen? Ich nenn sie Queen.»

Aus dem Halbdunkel unter einem der Bäume am Straßenrand hatte sich eine Stimme vernehmen lassen. Sanft. Ruhig. Eine Frauenstimme, die in dem Moment mit dem Dämmerlicht und dem leisen Windhauch, der sich erhoben hatte, verschmolzen zu sein schien.

Georg, stotternd fast: «Mir, ja. Natürlich. Toll. Ich mein ...»

Und wieder in diesem Dämmerlichttonfall unter dem Baum hervor: «Nein, ich mein deine müde Freundin da.»

Die Zeichen hatten Barbara nicht getäuscht. Sie mochte Mariannes Art zu reden vom ersten Augenblick an. Wie die Stimme von jemanden, den man schon eine halbe Ewigkeit zu kennen meint.

Marianne war zuerst nur dieser schemenhafte Umriß einer sitzenden Gestalt unter einem der Bäume. Und diese samtene vertrauenserweckende Stimme, die fledermausartig leise Worte unter den tiefhängenden Ästen hervorschickte, sie umkreisen ließ.

Wo sie denn hinwollten. Was sie denn vorhätten. Mit ihnen beiden stimme doch was nicht, das spüre man sofort. «Aber ihr braucht's nicht zu sagen, wenn ihr keine Lust dazu habt.»

Sätze, die dann rasch Nähe herstellten, sie behutsam in ein Gespräch hineinführten. Und nachdem eine Viertelstunde vergangen war, es wurde nun auch schon dunkel, saß Barbara schließlich auf dem Sattel der «Queen», das fremde Buch in den Händen. Georg hockte neben der Straße im Gras, die Arme um die Knie geschlungen. Und da hatten sie schon einiges von sich erzählt, und was so ungefähr die Lage war.

Marianne stand dann auf, kam unter ihrem Baum hervor, unter dem sie die ganze Zeit über gesessen hatte. Und als Barbara sie mit ihrem schildmützenartigen Motorradhelm unterm Arm sah, meinte sie zuerst, eine der Gestalten aus jener Schlankheitsanzeige komme auf sie zu. Jener Anzeige, in die Salat eingewickelt gewesen war. Die sie, der Verzweiflung nahe, neben ihrer Mutter in der Küche gelesen hatte. Jene Frau meinte sie zu sehen, die in der Anzeige anklagend und fett mit diesem blöden Verhüllungswort «Mollig» betitelt worden war.

Denn Marianne war tatsächlich füllig, schwer wirkend, grobknochig. Ein Frauenkaliber mit breiten Schultern. Barbara schätzte sie nach ihrem aparten Gesicht unter den schwarzen glatten Haaren auf etwas mehr als dreißig.

Und dann registrierte Barbara erstaunt: Mariannes Beine steckten in grünen, weiten Armeehosen und braunen Stiefeln. Aufgesetzte Taschen mit irgendwelchem Zeugs drin, das ausbeulte, die ganze Erscheinung noch rundlich-starkhüftiger erscheinen ließ. Marianne hatte sich ihre teuer wirkende Wildlederjacke um die Schulter gelegt, trug darunter eine rote Folklorebluse.

Als Marianne ihren Helm auf den Tank des Motorrades legte, fragte Barbara, jetzt irgendwie befreit fast von innerem Druck: Ob sie nicht mitkommen wolle, rauf ins Gartenhaus. Nur einen Moment. «Ja, bitte, du, schau mal …»

«Wenn Sie, ich mein, wenn du», verbesserte sich Georg, «wenn du ein bißchen Zeit hättest, im Moment. Bißchen quatschen. Weiterreden. Wär doch nicht schlecht, oder …» So redete Georg Barbaras Überraschung und Aufregung weg.

Die ersten Tropfen fielen jetzt, und man spürte, es würde wohl ein langsam ausatmender Landregen werden. Da erinnerte sich Barbara, wie sie an jenem Abend mit dem Großvater oben am Fenster gestanden hatte und an der Stelle ungefähr, wo sie, Marianne und Georg, jetzt beieinander standen, radelte damals im Regen eine Alte mit hellem Kopftuch mühsam bergan.

Marianne blieb. Vielleicht auch wegen des Regens. Jedenfalls konnten sie ja nicht eine Ewigkeit in der Nässe an der Wächterswinkler Straße stehen.

Marianne hatte aber wohl auch überlegt: Nach dem, was beredet worden war zwischen ihnen, und nachdem daraus rasch und beinahe spielerisch so was wie Vertrauen und innere Nähe entstanden war, da könnt sie nicht einfach wieder die Queen anwerfen. Und weg und fort.

Sie habe sich damals aber, so hat sie Barbara später einmal gesagt, nicht so ohne weiteres in ihre Geschichte hineindrängen wollen.

In Barbaras Geschichte, die nun auch mehr und mehr zu Georgs Geschichte wurde. Natürlich.

Zwanzig nach acht, an diesem Donnerstag, und einmal kam Barbara in den Sinn: Es war auch ein Donnerstag gewesen, als sie, nach ihren siebzehn Ausreißtagen mit dieser hellen Hoffnung in sich, hier oben im Gartenhaus war und auf Rechnungen mit dickem Zimmermannsbleistift schrieb.

Marianne fuhr nach Erlhofen hinunter, holte beim Italiener, der dort seit neuestem aufgemacht hatte, Pizza, Salat, auch Wein. Und nach einer knappen halben Stunde ließ sie die Queen ins Bienenland heraufblubbern, bis zum Stellplatz für Großvaters Wagen. Als sie hereinkam, war sie nichts als so eine schnaufende, rundliche, dicke Menschengestalt mit Helm und Brille oben und einem vorwiegend kugelig wirkenden Rest darunter. Der war in einen orangefarbenen Regenoverall gepackt: «Phuu, jetzt fängt's richtig an.»

Georg ließ ein unsicheres Lachen hören.

Sie, schnaufend, nahm den Helm ab, ließ Haar heraus, stoppte mitten in der Bewegung, fixierte ihn: «Ist was?» Ob denn was sei? Georgs Lächeln trat kurz, wurde klein. Und Barbara meinte schon, die fremde, vertraute Frau dort wäre verärgert.

Nichts. Ihr Lachen, und ein bißchen kam es Barbara fast vor wie Jacks und Cliffs Übermütigkeitsgelächter in ihrem Garten, ihr Lachen also packte Georg, bis auch er sich heraustraute mit Gekicher: Gar nichts sei los. Alles bestens. Bloß, er wisse im Moment tatsächlich nicht so ganz, welches Gehirnstromprogramm da vor ihm ablaufe.

Marianne pellte sich aus ihrem Regenzeug, holte einen braunen Seitenkoffer vom Motorrad herein.

Und durch die offene Tür hörte Barbara wieder die Dachrinne. Dieses beruhigende Schnorcheln. Wie mit dem Großvater an dem Abend. Doch es machte ihr nichts mehr aus, daran zu denken. Schmerzte nicht mehr. Keine Scham. Keine Bitterkeit beim Gedanken an das Gesicht des Alten. Als hätten die Ereignisse sie in der Zwischenzeit immun gemacht.

Marianne wickelte dann die Speisen aus der Silberfolie, fragte nach einem Korkenzieher.

Und Barbara holte Besteck und Gläser und alles aus den Schubladen hervor, wie's der Großvater gemacht hatte, als sie dort gesessen hatte und ihm Lügengeschichten auftischen wollte.

Der Duft der italienischen Gewürze stieg ihnen in die Nasen, mischte sich mit dem Gewürzgeruch, der durch die Tür zum Lagerraum nebenan hereinströmte.

«Iß ein bißchen, Barbara. Das wird dir gut tun», sagte Marianne. Manchmal helfe es wirklich zu essen.

Nach einer Weile, in der sie alle schweigend und jeder in Gedanken versunken gegessen hatten, meinte Georg besorgt, was denn jetzt los wäre, wenn Barbaras Opa Ulrich plötzlich auftauchte.

Nichts wär los, sagte Barbara. Und: Dem würde sie die Lage schon klarmachen. Bei dem hätte sie noch was gut.

Sie wollte ihn ganz einfach auf das festnageln, was er ihr an jenem Abend erzählt hatte. Von seinen Dienstfahrten mit Kossak. Und wie das Wort Schönheit drin vorkam. Immer wieder. Und sein Reden von so einer Sehnsucht. Und während ihr das durch den Kopf ging, aß sie langsam, vorsichtig kauend, die Speisen im Mund drehend, bevor sie die Bissen behutsam schluckte.

Dabei ließ sie den Blick über den Schrank wandern, von dem der Großvater immer sagte, es sei ein alter Gewehrschrank. Die grüne Kassette fiel ihr ein. Während sie spürte, wie die Speisen sie ruhiger und ruhiger machten, lauschte sie auf die Dachrinne, und dann, täuschte sie sich? Oder war das tatsächlich Fuchsgebell draußen? Da stieg wieder so eine stumme Gewißheit in ihr auf und so eine Art Versöhnungsbereitschaft mit sich selbst.

Könnte man nicht fragen: wohin läuft das noch? Wie setzt sich das fort? Damit zum Beispiel, daß Barbara und Marianne, beide zwei Dicke, zwei Korpulente, das Mädchen und die junge Frau, daß sie dann am Tisch saßen, nachdem sie die Mahlzeit beendet hatten und redeten? Ja, sie erzählten. Sprachen. Draußen ging der Regen behutsam gegen die Fensterscheiben an, wenn ein Windstoß ihn packte. Und das Dachrinnengegurgel ab und an, und das Tropfentrommeln auf dem Dach.

Und sie hier, wie sie fast die ganze Nacht den Raum mit ihren Stimmen füllten. Mit ihren Sätzen.

Eins hakte sich im anderen fest, ein Gedanke koppelte sich an den anderen, und sie redete Szenen und Bilder und Geräusche und ihre Angst her und in Mariannes Gesicht hinein.

Mit einemmal kriegte sie Wörter zu fassen für ihre Schrekken und ihre Verzweiflung, daß hinter den Bildern der Mutter, des Vaters, des Großvaters immer wieder andere Umrisse erschienen waren, «immer wieder so was wie ein anderer Mensch, Marianne»; sie redete das alles aus sich heraus.

Und daß sie glaube, vielleicht, genau könne sie das nicht sagen, aber trotzdem, irgendwie hänge das alles auch damit zusammen, daß sie halt dick sei. So ein Klotz. Jemand, der sich oft und oft bloß wie ein Baumstumpf auf Beinen vorgekommen sei. «Eine Wamperte, das bin ich halt.»

Bloß bei ihm, bei Jack, habe sie das manchmal vergessen

können. Da bloß, und einmal, nachdem sie einen Brief von ihm gekriegt habe, da sei sie sich ein bißchen schön vorgekommen.

Genauer sprach sie jetzt, gelöster auch, als sie es Lore damals am Acker hatte erzählen können. Und überhaupt Lore. Auch von ihr berichtete sie Marianne dann, und wie Lore plötzlich hier in der Tür gestanden war.

Es schien ihr, als hätte das, was sich zugetragen hatte, ihre früheren Schwierigkeiten, von sich zu reden, getilgt. Überlagert. Die Mauern kleingerieben, hinter denen die Wörter gekauert waren, wenn sie nicht herauswollten aus ihrem Kopf.

Endlich konnte sie ihren Redehunger füttern.

Und einmal, als sie zu frösteln begann, es war schon halb zwölf, und Marianne klopfte die letzte Zigarette aus ihrem Päckchen, da stand Barbara auf und kramte im Schrank des Großvaters. Sie fand den grünen Pullover und zog ihn sich über, kniff sich in die Hüfte, drückte ihre Haut zu einer Falte: «Da, schau, so fett bin ich.»

Und Georg?

Der sagte wenig, hatte, in Ermangelung von Bier, ganz ordentlich vom Wein getrunken, was ihn noch stiller, noch müder machte, und so schien er sich hineinzuverkriechen in das Gemurmel der beiden Frauen am Tisch.

Nur einmal meinte er, er habe das alles schon immer und ewig für ziemlich blöd gehalten, was die anderen über Barbaras Figur gequatscht hätten. Kauerte sich dann in den Winkel, überlegte, wie er morgen zu Kordeuter käme, dachte an das Motorrad draußen und daß Marianne ihn vielleicht hinfahren könnte, und duselte weg.

Als man es von der Erlhofener Kirche durchs Regenrauschen zwei heraufschlagen hörte, da kannte Barbara auch

Mariannes Geschichte. Da wußte sie, daß die Frau auf der anderen Seite des Tisches Architektin war und unterwegs zu Freunden, die nahe Schweinfurt auf einem Bauernhof in Wohngemeinschaft lebten. Sie habe Pläne für den Umbau eines alten Stalles dabei.

Sie hatte erfahren, daß Mariannes Vater ein bekannter Architekt in Frankfurt war, und daß sie im väterlichen Büro vor Mißachtung wegen ihrer Figur immer sicher gewesen sei, bis sie die väterliche Firma dann eines Tages verlassen habe.

«Figurprobleme?! O ja. Einen ganzen Sack voll. Damals. Aber jetzt nicht mehr.» Ihre Fülle, ihr Gewicht, ihre Speckpolster schützten sie auch, wie ihr oft vorkomme. Und mit diesem Schutz gelinge ihr das Leben besser.

«Ich bin gern so, wie ich bin. Mir macht's nichts mehr aus. Jetzt nicht mehr.» Daß das alles vielleicht nicht gar so gesund sei, na ja, wäre schon möglich. Das kümmere sie im Augenblick aber wenig. Ihre früheren Zustände, «ähnliche Anfälle von Scham und Ekel vor dem eigenen Körper, ähnlich wie bei dir», die seien ja auch nicht gerade das Gesündeste gewesen. Für ihr Innenleben.

Und möglicherweise hänge es auch mit ihrer Figur zusammen, daß sie sich ein Motorrad gekauft habe. So eins. Daß sie endlich mal das gemacht habe, was sie schon immer habe tun wollen. Und nichts mehr in sich runtergedrückt. In sich hineingefressen. Dem hinterhergehungert, was die anderen aus einem machen wollten. Das könne alles schon so sein. Obwohl sie sich die ewigen Grübeleien über so was allmählich abgewöhnt habe. Aber jetzt brauche sie das, dieses gelegentliche Herumvagabundieren auf der Maschine. Das gehöre zu ihrem Seelenhaushalt, zu ihrer Seelenkost. Ohne so etwas zu leben, habe sie jetzt keine Lust mehr.

Sie schwiegen ein paar Minuten.

Georgs regelmäßige Atemzüge.

Beide betrachteten sie ihn einen Moment lang. Blickten sich an, lächelten beide.

Und Barbara dann: «Mensch, du, so was Komisches.»

Und sie fühlte sich plötzlich ein bißchen näher herangerückt an ihre Sehnsucht. An ihre unklare Vorstellung von einem helleren, lichteren Leben, in dem man wüßte, so und so müßte man in seine Tage hineingehen, und dann würde alles anfangen. Und Klarheit gewinnen. Und wie man aussähe, wäre egal.

In diesem Moment meinte Barbara wieder, sie würde Marianne schon ewig kennen. Sie hätte sie schon immer gekannt und hätte schon immer auf das, was sich jetzt abspielte, gewartet. Sie hatte so ein Gefühl wie damals, als sie Jacks Liebesbrief gelesen hatte und jene innere Leichtigkeit in ihr war.

Dann wechselte Marianne den Ton, wurde ernst, meinte «eins noch, Barbara». Aufs Motorrad, da käm's natürlich überhaupt nicht an bei dem, was sie da vorhin gesagt habe, über ihre Figur und wie sie damit fertiggeworden sei. Gar nicht. Das wäre ja zu blöd. Das und noch ein paar andere Sachen seien halt ihre Möglichkeiten gewesen, hinzufinden zu sich selber und sich nicht mehr darum zu kümmern, was die anderen dächten. Und wer könne sich schon so ein wahnsinnsteueres Ding kaufen, wenn er nicht grad einen Vater habe wie sie. So einen Beruf wie sie. Klar doch, das wisse sie schon. Jeder müsse eben seine Möglichkeiten ausnützen. Man könne ebensogut einen Handwagen über die Straße ziehen. Oder wie die Lore im einem dunklen Stall Tiere versorgen. Was Bedeutung habe, das sei, *wie* man das mache. «Wie man ist oder nicht ist. Und wie man zu den Sachen steht und den Leuten, die um einen herum sind.»

«Probiert's doch. Versucht's doch einfach, wenn du sagst, du könntest jetzt nicht mehr bei deinen Leuten leben. Probier's doch hier in dem Gartenhaus, ob ihr nicht so leben könnt, daß ihr ein neues Gefühl zu euch selber und den Dingen kriegt. Warum nicht? Wasser, Licht. Mehr braucht ihr doch nicht fürs erste.»

«Ja, schon. Vielleicht. Aber mein Großvater.»

«Wie du den beschrieben hast, kriegen wir den rum. Je früher der hier auftaucht, desto besser.»

«Und meine Eltern?»

«Mit denen red ich.»

«Und Georgs Vater?»

«Mal sehen.»

«Und die Schule, Marianne?»

«Lernen kannst du hier auch. Und wenn sie dich tatsächlich schmeißen, kannst immer noch überlegen, was du machst.»

«Klar. Ja, schon. Aber du, irgendwie, ich weiß nicht.»

«Oder willst du wieder abhauen?»

«Wollt ich eigentlich nicht mehr. Genaugenommen.»

XXX

Nur noch davon wäre zu sprechen, wie sich Barbaras Geschichte, die mittlerweile ja auch die Geschichte von mehreren Leuten geworden war, wie sie sich dann ins hellere Gelände hinauszwängte. Oder erst wirklich dunkler wurde, kompliziert wurde? Auf den ersten Blick ist das nie genau auszumachen.

Also sei jetzt noch berichtet, wie sie und Marianne (sie hat

Georg am Morgen tatsächlich zu Kordeuter gefahren), wie sie dann um halb elf am anderen Tag durchs Gartentürchen auf Sedlatscheks Haus zugegangen sind.

Es war ein schöner Tag. Der Regen hatte aufgehört. Weiter oben an der Straße sah Barbara Weißflohs Hund auf dem Gehsteig in der Sonne liegen. Ein Rasenmäher knatterte irgendwo durch den Vormittag, und man hörte Kinder, die sich im Spiel etwas zuriefen.

Das Gartentürchen war zugeklinkt, wo's doch meistens nur angelehnt blieb. Auch des Großvaters Uraltmercedes war nirgendwo zu sehen, aber das mochte überhaupt nichts heißen.

Neben dem Eingang an der Hauswand hat Barbara der Anblick der hingesprühten Schrift sofort einen Stich versetzt: «Amis raus aus Erlhofen!» Und wieder das gewinkelte Nazikreuz daneben.

«Ja, du hast mir erzählt.» Marianne neben ihr nickte.

Ganz unüblich, die Haustür war nur angelehnt. Vor Aufregung und innerem Angespanntsein hat Barbara die Lippen zwischen die Zähne genommen, gemeint, es könnt wieder ein Nervenzittern wie in der Schule über sie herfallen. Aber Mariannes Gegenwart, so schien ihr, hielt alles klein.

Barbara sah auf der Garderobe zwei Briefe liegen. Der eine war von Vik. Der andere trug den Absender Jack Edwards. Und wie sie dann zögernd und mit flatternden Händen, und Marianne hat das ja alles gesehen, wußte ja wie's zusammenhing, schaute sie an, nickte, wie Barbara also, einen Kuß auf das Kuvert drückte und es langsam zerriß und fühlte, wie ihr die Tränen in die Augen wollten.

Herr Sedlatschek kam ihnen aus dem Wohnzimmer entgegen.

Hohlwangig, wie sie sah, unrasiert. Aber die Haare sauber gekämmt. In Schlips und Anzug. Zerfahren und seltsam verkrampft wirkte er.

Sie hätte nicht sagen können, wie lange sie sich da gegenüberstanden. Sie hier. Die schwere, sichere Gegenwart Mariannes beinahe körperlich hinter sich spürend. Er dort. Der Mann, der ihr Vater war. In einem Aufschluchzen und einem heftigen Gefühl des Mitleids hat sie ihn da umarmt und geweint.

Ihr Vater dann, halblaut und monoton: Er denke, sie sei im Krankenhaus.

Und sie, die Tränen wegwischend und sich von ihm lösend: «Ich bin abgehauen.»

Und gedehnt wiederholte er dieses «Abgehauen».

«Wo ist die Mutter?»

«No ja, schau Mädel, die ist auch abgehauen. Wie du das nennst.» Vor einigen Tagen. Abgeholt von einem Menschen, den er nicht kenne. «No bitte scheen, das muß halt wohl schon länger gegangen sein, natierlich.» Sie habe nur einen Zettel hinterlassen, daß sie in ein paar Tagen zurück sei. «No ja, so ist das.»

Dieses gequälte Lächeln auf seinem Gesicht, und da hat sie ihn sehr gemocht, ihren Vater.

Sie hat Marianne vorgestellt. Herr Sedlatschek bat sie beide ins Wohnzimmer.

Dort herrschte eine eigenartige Ordnung, die gleichzeitig auch eine Unordnung war. Neben der Schreibmaschine, neben säuberlich zurechtgelegten Papieren, akurate Häufchen mit den letzten Nummern der *Sudetenpost*. Daneben schmutziges Geschirr. Ein Teller mit Käse und Wurst. Auf einem Bildband über Prag ein angeschnittenes Brot.

Fast ängstlich ließ er sich im Sessel nieder: «No, jeschisch, was kann man machen? Ich hab so was geahnt. Ich hab es nicht geahnt. Wer weiß?»

Und wie er Papier und Maschine zur Seite schob, sich an Marianne wandte, deren Gegenwart ihn nicht im mindesten zu erstaunen schien, als halte er mittlerweile alles für möglich: «Sie entschuldigen, gnädige Frau, ich arbeite nebenher noch redaktionell.» Für die *Sudetenpost*. Ob sie die kenne.

«Aber Vater.»

«Bitte scheen, kennt ja sein.» Vielleicht sei die gnä Frau auch nicht von hier. «Sie sind nicht zufällig Sudetendeutsche?»

Ruhig gab Marianne Antwort.

Als Barbara fragte, warum er denn eigentlich nicht in der Bank sei, goß er sich einen Schnaps ein.

Es habe ja nicht gestimmt, mit dem Filialleiter damals.

«Vater, du hast doch gesagt ...»

No ja, habe er. Aber er sei nur im Gespräch gewesen, «sehr im Gespräch». Die Zentrale in Würzburg habe dann eben anders entschieden. «Die Grinde sind mir schleierhaft.» Er habe halt nicht so dastehen wollen, vor ihnen und dem Viki. «Jeschisch Maria, ja ich hab ein bissel gelogen. No ja, gut.»

Er trank, rülpste, entschuldigte sich. Weil er ein Vorwort schreiben müsse für einen Fernkurs in Böhmisch, habe er sich noch ein paar Tage Urlaub genommen. Er griff zu einem Blatt, las: «Einfirung in sprachliche und kulinarische Spezialitetn von Land und Laitn. – Wie gefällt aich das?»

Nach einem Moment des Schweigens wandte er sich an Marianne: «Wissen Sie, man hat getratscht über uns. Immer schon. Und dann die Sache mit den Amerikanern und dem

Eisenbrand und seinen Leiten. Und das Unglick mit der Barbara. No ja, ich weiß, die Schmierereien am Haus. No was soll ich machen?»

Wer ihn versorge?

Frau Fiala komme täglich. Landsleute hielten zusammen.

«Und der Großvater?»

«Geht seine Wege. Macht seine Geschäfte.»

Barbaras und Mariannes Plan hat er zuerst nur Schweigen und sein wie hilflos anmutendes Achselzucken entgegengesetzt.

Nach einer Weile aber, und das hat ihn in Barbaras Augen einen Moment lang fast unangreifbar, fast unerschütterlich erscheinen lassen, nach einer Weile sagte er leise mit gewichtloser dünner Stimme: Er werde halt warten. No ja, seine Arbeit machen und warten. Bis sie vielleicht wiederkämen, die Barbara und seine Frau. «Wenn so ein Durcheinander ist, bittescheen, muß da nicht wenigstens einer am Posten bleiben? No ja, das bin ich, der Sedlatschek. Also gut.»

Zehn Minuten später gingen sie zum Motorrad hinaus.

Mariannes Arm berührte sie an der Schulter, drückte ein Zittern weg. Als sie das Wäschebündel und die wenigen anderen Dinge, die sie schließlich aus Barbaras Zimmer geholt hatten, in den Gepäcktaschen des Motorrades verstauten, weinte sie, weinte sie wie so oft ihr japsendes Weinen.

Sie blickte über die Straße, sah Weißflohs Hund noch immer gleichsam auf etwas wartend in der Sonne dösen, den Kopf hielt er schräg. Oben am Chrysanthemenweg bog jetzt ausgelassen lärmend ein Trüppchen Kinder ein. Ein Bub schleuderte ein kleines weißes Flugzeug hoch in die Luft hinaus, und man sah es eine weite Schleife in Röschs Garten hinein ziehen.

Marianne drückte sie sanft in den breiten Sitz des Motorrads. Stieg gleichfalls auf. Startete den Motor.

Noch, so spürte Barbara, noch hielt die fremde, vertraute Frau, an deren breiten Rücken sie sich nun lehnte, für einen Augenblick das Motorrad im Gleichgewicht. Als wäre dies der Moment, da alles rückgängig gemacht werden könnte, und dann, wenn sie erst einmal losgefahren wären, wäre alles anders.

In diesen wie gläsernen Sekunden, hell und licht wie die Fontänen an der Fuchsmühle oder der Wasserstrahl, mit dem Lore damals den Stallboden gesäubert hatte, mit dem Motorengeräusch unter sich, als rausche da eine mächtige Quelle mit gewaltigen Blubberblasen aus der Erde unter Erlhofen hervor, in diesem Augenblick meinte Barbara noch einmal die Stimme zu hören: Wenn so ein Durcheinander ist, bittescheen, muß da nicht wenigstens einer am Posten bleiben? No ja, das bin ich, der Sedlatschek. Also gut.

Marianne fuhr an.

Geschichten, sagt man, hätten einen Anfang, ein Ende. Oder stimmt das nicht? Stimmt das ganz und gar nicht? Wer weiß, es wäre schon möglich.

Ein Buch von
Rainer Wochele

HEISSHUNGER

144 Seiten, gebunden, DM 18,80

ISBN 3 7971 0221 6

Barbara Sedlatschek zählt zu jenen Mädchen, die man liebevoll mollig oder einfach dick nennt. Sie war von zu Hause fortgelaufen, um ihrer ersten großen Liebe, dem US-Soldaten Jack Edwards, zu folgen. Enttäuscht kehrt sie nach einiger Zeit zu ihrer Familie zurück, versucht, in ihrem Dorf Fuß zu fassen und Beziehungen zu erneuern. Doch ihre Heimkehr mündet in einer Krise.

Die von Verwicklungen geprägte, sich rasch beschleunigende Geschichte, in die Barbara mit ihrer freiwilligen Rückkehr nach Hause hineingerät, ist die Geschichte einer Lebenswende und zugleich eine Geschichte vom Hunger – vom Hunger nach Leben.

Menschenbeziehungen will sich Barbara schaffen: zu ihrer verzweifelt um Herzlichkeit bemühten Mutter, ihrem betriebsamen Vater, ihrem von alten Jugendwünschen beherrschten Großvater, zu dem Betrunkenen Flugzeugbastler Georg, sogar zum großschnäuzigen Jungbauern Eisenbrand.

SIGNAL-VERLAG · BADEN-BADEN
Postfach 813, 7570 Baden-Baden

panther

Eine Auswahl

Knut Anders
Auf zu neuen Ufern
Eine Arbeitslosgehgeschichte (4960)

Dieter Bongartz
Ich singe vom Frieden
Ein Gedicht 1 (5099)
Ich singe vom Frieden
Gedicht 2 (5323)

Günter Franzen
Muskelspiele
Versuche, den Körper zur Sprache zu bringen (5428)

Peter Glaser/Niklas Stiller
Der große Hirnriß
Neue Mitteilungen aus der Wirklichkeit (5112)

Norbert Haase/Lothar Reese (Hg.)
VEB Nachwuchs
Jugend in der DDR (5178)

Armand Lerco
Endstation Bangkok
Bericht eines Ex-Dealers (5311)

Svende Merian/Norbert Ney (Hg.)
Nicht mit dir und nicht ohne dich
Ein Lesebuch für schlaflose Nächte (5283)

Barbara Vogt-Hägerbäumer
Ein bißchen schwanger gibt es nicht
Das Buch zum Thema Abtreibung (4969)

rororo

2153/1